The Little
Teacher

好老师都是和学生一起长大的。

张争光

小先生

青少版

庞余亮 著

人民文学出版社

图书在版编目（CIP）数据

小先生：青少版/庞余亮著.—2版.—北京：人民文学出版社，2022
ISBN 978−7−02−015214−8

Ⅰ.①小… Ⅱ.①庞… Ⅲ.①散文集—中国—当代 Ⅳ.①I267

中国版本图书馆CIP数据核字（2022）第043261号

责任编辑　杜　丽　温　淳
装帧设计　刘　静
责任印制　任　祎

出版发行　人民文学出版社
社　　址　北京市朝内大街166号
邮政编码　100705

印　　刷　天津善印科技有限公司
经　　销　全国新华书店等

字　　数　131千字
开　　本　710毫米×1000毫米　1/16
印　　张　16.75　插页3
印　　数　1—8000
版　　次　2021年6月北京第1版　2022年6月北京第2版
印　　次　2022年6月第1次印刷

书　　号　978-7-02-015214-8
定　　价　58.00元

如有印装质量问题，请与本社图书销售中心调换。电话：010−65233595

请孩子们多多关照（自序）

我十六岁考入师范，十八岁师范毕业后，开始成为一名教师。

那时我年龄小，个子小，仅仅一米六二，体重只有四十四公斤，站在讲台上，总是故作镇定地看着孩子们。

孩子们叫其他老师为"先生"，称呼我的时候，却特别加上了一个"小"字：小先生。

我知道，这个很特别的称呼里，全是孩子们对我的关照。

亲爱的孩子们，那时是1985年，被你们称之为"小先生"的我赶上了第一个教师节，由此我也跨进了我的"第二次成长时代"。

你们在成长，不断地成长，几乎每时每刻都在成长。而我这个小先生，在这个"第二次成长时代"里，带着一盒粉笔

小先生

和一本备课笔记，跟着你们一起成长。

后来啊，后来——

后来因为你们，我亲爱的孩子们，这本牛皮纸的封面上落满了纷纷扬扬的粉笔灰。

那么多年啊，我和你们一起上了多少节课啊，多少声音从我的身体里冲出去了，又从我们的老教室的门缝儿里钻出去了，唯一逃不走的，就是备课笔记簿封面上的粉笔指纹。

很感谢你们，我亲爱的孩子们，你们总是以不设防的微笑和清澈，赐给了我这个初出茅庐的小先生以无限宇宙。而我，在我的备课笔记簿里也留出一片自由自在的"纸操场"——

有一个小小的秘密：我在写备课笔记时，一般只写每一页的正面，而空着反面。这不是浪费纸张，而是准备记下我讲课中的新想法或备课中的不足。后来的确记下了那些，但也记下了有关你们，有关老校长，有关我的老同事们一个又一个小故事。

每一个故事的背后，都可以温习，都可以取暖。

亲爱的孩子们，开始整理这本《小先生》文稿时，我又想起了在煤油灯下记下《一个生字》时的情景。那是你们的第一个故事。那时的我，刚过了十八周岁生日，刚学会像老先生那样，一边在煤油灯下改作业，一边吊起一只铝饭盒，利用煤油灯罩上方的温度煮鸡蛋呢。

"小先生，小先生，你说说……这个字怎么读？"

是啊，这是什么字啊？又该怎么读？我的喉咙里仿佛就堵着那颗不好意思的鸡蛋，紧张，惶恐，心虚……一直都记得我窘迫摸头的样子，你们调皮的开心坏笑的样子。

因为你们的考验，我总是不敢松懈，也不能松懈，明天肯定还有我这个小先生不认识的字。后天肯定也还有，就这样，那被考验的惶恐和心虚一直保存至今。

寒来暑往，上课下课，一年又一年，一届又一届，一群孩子毕业了，又一群孩子进了校园，但你们一直都在我这个小先生的身边，像是变换着名字，变换着面孔，偷偷来到我的课堂上，一双双多么熟悉的渴求的黑眼睛……

——那也是我和你们一起成长的渴求啊！

十五年，我用掉了不下百本的备课笔记簿，那些卷了角的，磨了边的，牛皮纸的备课笔记簿封面上，就这样用大大小小的指纹刻下了一个个故事。

小先生

　　有的指纹深，有的指纹浅，有的指纹很听话，有的指纹很调皮。

　　但它们全是小先生我珍藏的唱片啊！只要一触摸这些指纹唱片，我就能想起我和你们一起长大的故事。这些故事于我，都是人生的"豪礼"。亲爱的孩子们，因为和你们的缘分，我才认识了苦中作乐的老校长，认识了那群终身服务了乡村教育的老同事们，你们和他们，都是我这个小先生的教科书。

　　亲爱的孩子们，请和我一起打开这本《小先生》，请你们继续与我同行，也请你们继续多多关照。

目 录

001　　来吧，一起来这神奇的纸操场上探宝！（顾文艳）

第一辑　孩子们叫我小·先生

003　　考你一个生字

008　　毛头与狗叫

012　　弹弓与毽子

014　　眨眼睛的豌豆花

017　　八个女生跳大绳

021　　泥哨悠扬

024　　纸飞机飞啊飞

027　　一朵急脾气的粉笔花

030　　撞进教室的麻雀

034　　挤暖和

036　　黑板上面的游动光斑

039　　两条长辫子的女生

042　　请举起你的手

第二辑　卷了角的作业本

047　　我爱野兔

050　　爱脸红的女孩子

053　　芋头开花

058　　布鞋长了一双眼

061　　口琴与勾拳

064　　站着上课的少年

067　　笔头上的牙痕

071　　检查书保管三天

074　　给你起个绰号

077　　手指橡皮

080　　一条黑狗叫阿三

084　　肚子里面的蛇

088　　哭　宝

091　　我的秘密枪库

094　　竖起双耳倾听

098　　卷了角的作业本睡了

第三辑　奇鸟降临泥操场

103　　鸟粪处处

106　　跑吧，金兔子！

108　　野蜂巢

112　　彩　虹

115　　风车上的孩子

119　　丝瓜做操

122　　猜蚕豆

126　　泡桐树上的刀螂

129　　泥孩子

132　　栀子花，靠墙栽……

135　　长在树上的名字

139　　沿着草垛往下滑

142　　编外学生记

第四辑　自行车骑着老校长

151　　乡村小天才

155　　光膀子的老师们

158　　穿着雨靴进城

162　　地气盈盈

165　　树杈间的排球

170　　今天食堂炒粉丝

174　　穿白球鞋的树与调皮的雪

178　　乡村战马

183　　纯金的歌咏

185　　背诵过堂

189　　标准板书姿势

192　　猴子不见了

第五辑　寂寞的鸡蛋熟了

197　　踢毽子的老头

200　　钟鼻子、倒计时

204　　幸福的牙祭

207　　我听见了月亮的笑声

210　　乡亲有礼

213　　光屁股的少年

218　　春天第一页

222　　小先生的麻雀头

226　　下第一场雪的晚上

229　　　流　萤

232　　　乡村足球事情

240　　　我的微蓝时光

244　　　指尖上的草汁

248　　　晚饭花的奇迹

251　　　寂寞的鸡蛋熟了

来吧，一起来这神奇的纸操场上探宝！

顾文艳

"那么多年啊，我和你们一起上了多少节课啊，多少声音从我的身体里冲出去了，又从我们的老教室的门缝儿里钻出去了，唯一逃不走的，就是备课笔记簿封面上的粉笔指纹。"

"粉笔指纹"，这几个字眼似乎是打开时光之门的密码，而我，轻轻走进这扇门，仿佛走进了庞老师的十八岁，走到了白头发的校长和一群老先生身边，走入被油菜花香和槐花香包围的乡村学校，一群孩子迎面跑来，他们身后尘土飞扬……

小先生眉目间笑意盈盈，如此面善如此和气又如此稚嫩的小先生自然是"镇"不住比他小不了几岁的学生的，他推行民主管理，他苦口婆心引经据典地教育学生，哪怕一次次受挫，却依旧秉持着教育的真谛——爱。

在书中，你找不到一句小先生爱学生的表白，但那份真挚的爱却如春日山涧小溪，在字里行间淙淙流淌。

小先生

"我没有回身,继续在黑板上写。"

就在前一分钟,一架纸飞机撞在小先生的后背。

爱,是宽容,也是隐忍。

"这群快乐的孩子啊,他们的头发很黑,他们的嘴唇很红,他们的牙齿很白,他们的身上发出了类似青苹果的味道。在课间,秘密地听见他们在汪汪地叫着,我觉得我很幸福。"

爱,是没由来的心生欢喜;幸福,就是和你们在一起。

"只要我看到他举起手,我就感到他心里的自尊又长出了一片新叶。"

爱,是对残疾学生固执的呼唤,无声的呵护。

"我总是有点心疼。因为村里那个医生说了,她这种心脏病活下去最多不超过二十岁。"

"他低头走过来时,我的目光就被他鞋前的白橡皮膏药的'白'灼疼了,那真像一团永不能融化的雪。"

爱,是心疼;爱,是怜惜;爱,爱莫能助的无奈。

《小先生》是一卷爱的散文诗,《小先生》还是乡村少年的游戏图谱。

"他有一只漂亮的鸡毛毽子,鸡毛鲜艳油亮,而且包了一枚'顺治铜钱',更绝的是他能跳出许多花样:踢、剪、捧、贴、停、环、播、偷……"

来吧，一起来这神奇的纸操场上探宝！

如今的孩子们还能踢出这么多花样吗？或许，这些花样，听也没听过，见也没见过吧！

"跳大绳须用一条长长的绳子，两人用力抡，其余人跳，一人一人地往上加，加的同时还在跳。"

如今，不管是城里还是乡村，哪里可以见到学生们跳长绳呢？教职工运动会上偶尔一间，也都是原地起跳，没有敢一个一个往上加的。

"天再冷的时候，学生就朝太阳下钻了。他们聚在一起，然后不约而同地分成两派，开始'挤暖和'。他们真的像两群初生的牛犊，头对头地抵着——"

城里的孩子们天热了开空调，天冷了还是开空调，不知道乡村的孩子们是否依旧会在冰天雪地时用力地挤，挤出"暖和"来。

游戏对于童年的意义，不仅仅是孩子们快乐的源泉。游戏是学习，是社交，甚至是疗愈。只是，如今的孩子们已经鲜有自由自在游戏的时光，他们的课余时间交给了作业，交给了林林总总的兴趣班。

这是一本适合慢读的书，我慢慢地读，一字一句地读，我将自己沉浸在小先生的文字里，沉浸在过去的时光里。喜欢读小先生的文字，它们总是闪着诗意的光泽，所呈现的汉

小先生

语之美，是无法抵挡的魔力。

"有时候我在林荫道上行走，被远处一团又一团涌来的油菜花香和槐花香拥抱——会忍不住叹息一声，随后，我的这一声叹息就快速地在林荫道上跑开来，想拦都拦不住，我捂住了口，仅仅捂住了满口的花香。"

"教室不远处的豌豆花开了，像无数只眼睛在不停地眨。这是五月上午乡村学校的时光，淡淡的豌豆花香似乎击穿了我年轻的生命。"

这样的文字肯定也击穿了我的生命，从"粉笔指纹"的唱片里荡漾出的音符，在空中飘浮，在空中旋绕，我的眼前站着十八岁的小先生，还有小先生身后的泥操场，那是会魔法的小先生用很多宝藏铺成的纸操场啊……

来吧，一起来这神奇的纸操场上探宝！

顾文艳

正高级教师，江苏省特级教师，全国小学语文十大青年名师。《儿童诗阅读欣赏与创作的探索和实践》获江苏省优秀教学成果奖。为《教师博览》《小学语文教学》等刊签约作者，著有教学随笔集《行走的风景》《我就想静静地教书》等。现供职于复旦大学第二附属学校。

第一辑

孩子们叫我小·先生

The Little Teacher

考你一个生字

在师范上学时,我们的老师反复叮嘱我们说要给学生一碗水,自己必须要有一桶水。因为这句话,我们就用功得很,毕业时踌躇满志,但分到了我的学校里,有个老教师一本正经地告诉我:"别看你有'硬本子',总有你不认识的字,我教你一招,假如遇到不认识的字,你就说我与老教师商量一下。"当时我被这个老教师说得一愣一愣的。不过只一会儿,我的兴奋就把这句话赶走了。

村里人大都听说学校分了个有"硬本子"的教师,而且只有十八岁,"像个初中生"——这是校长的评语,这消息一下就传出去了,村里有一些人就有意无意地跑到我的办公室找老教师有事——实际上是为了看我。他们看了之后还不放心,怎么这么小,这么矮(我当时高一米六二)?这样怎么镇得住那些猴子?弄得我们校长就发火:"你们懂什么,泥菩萨,

小先生

肚子里全是烂稻草,而人家小先生肚子里全是墨水,够你们喝上八辈子呢。""小老师风波"很快就过去了,我后来一个人在宿舍里也没有乡亲们来看我,有时候我遇见他们,他们也"先生先生"地喊,他们已经习惯了。

我很喜欢捧着一本书在宿舍门口看,有一个高年级的学生总是在我家门口逛来逛去。只要我抬头看他时,他就不见了。再后来我又发现了他好几次,我叫住了他,他就站住了,吞吞吐吐地说,想请教我一个字。我说,什么字?他就拿出了写有我貌似认识却不认识的"劢"字的一张纸,字写得很好看,有棱有角。我问他是谁写的,他先是点了点头接着又摇了摇头。

我的确不认识。面对他诡异的眼神,我只好说不知道这个字。看到这个学生脸上一闪而过的得意,我终于想起了那个老教师的话,我脸上有点烫:"真的,这个字我真的不认识,待以后我和老教师商量后再告诉你。"我以为他会走,没想到他却说:"叫'迈',豪迈的迈。"说完就像老鼠一样窜走了。本来我再想看一会儿书,可心情一点儿也没有了。

后来有个老教师就问我:"听说你连个'劢'字都不认识是吧?"我不知道怎么回答,消息怎么这么快？可事实就是这样，我一开始就出了个大洋相。这个老教师说："你等着，他还来问你'甴'字，这个字念'畅'。那个'老酸菜'就这几个字。"我问为什么，那个老教师笑而不答。可真的到了第二天，那个高年级的同学又递给了我一个字，纸条上是那个熟悉的字体，果真是"甴"字。我念出了这个字，他很失望，无精打采地走了。

第二天一上班，老教师就问我："他有没有问你？"我点点头。那个老教师说："果真是'老酸菜'，认了几个字，总喜欢用生僻字考人。"后来我在一次家访时见到了这个"老酸菜"。他是一个落魄的乡村知识分子，眼睛眯着，不屑一顾的样子，我见到他时他正在训斥一只在路边乱拱的猪，训斥得非常文雅。我想起了孔乙己。

我不知道那个孩子与这个"孔乙己"是什么关系。不过后来我就被校长提到了高年级教学，那个问我生字的学生居然又分到了我们班，看得出，他很不好意思。当我在第一节班会课上宣布他是我们班宣传委员时，他不好意思地伏在了桌子上，不过他没法把自己两只涨得通红的招风耳藏起来，像两朵鲜艳的红蘑菇，正在仔细聆听着这布谷鸟乱叫的初夏。

考你一个生字

毛头与狗叫

教室外常会有一些老爷爷或者老奶奶在东张西望，那些花白的头探进窗子的时候，总是把我吓一跳。他们是在寻找自己的宝贝孙子（在农村，重男轻女的现象还是存在的）。大部分老爷爷老奶奶只看一眼，就笑眯眯地走了，而被看的学生总是涨红了脸。有一次，有个老爷爷不但把教室门推开（当时教室里一下子静了下来），而且还张口就喊："毛头，毛头。"教室里哄笑一团，可就是没有人站起来，承认自己就是那个"毛头"。

老爷爷还站在门口，表情怪异，显然他对孩子们的哄笑非常慌张。这样的局面，让教室更乱了，可毛头还没有出来，我只好用指节敲敲讲桌，故作镇定地说："谁是毛头？请出来。"学生们笑得更厉害了。终于，有个大头男生在一片哄笑声中忸怩地站了出来，脸如写对联的梅红纸。"毛头"几乎是冲出教室门的,在冲出门的时候,还不忘拉走了他的爷爷。不是拉,应该是拽。毛头怎么可以这样对待他的爷爷?!

"毛头"的风波浪费了我这节课十分钟。其实,真正浪费的时间还不止十分钟,孩子们的心像野马,收得慢,跑得快。后来,最受影响的还是那个大头男孩。从那以后,那个大头男生就被叫做"毛头"了。男生叫,女生也这么叫——毛头,毛头。可毛头的爷爷再也没有来学校找过他的宝贝孙子。

我在黑板上出了一个题目,填空:"( )雀"。一个男生举了手:"麻雀。"另一位说:"黄雀。"还有人说"云雀""山雀"。我们班自愿坐在后排的那位从未举过手的学生也举起了手。我喊起了他,他愣了会儿,还是站了起来,摸着后脑勺,既羞涩又痛苦似的冒出一个词:"喜鹊"。

同学们都笑了,那位学生则难过地低下了头。突然,门外的梧桐树上有几只鸟在大声地叫,估计有许多喜鹊飞过来了。下了课一看,果然不错,喜鹊们正准备在梧桐树上筑巢呢。

也正是这个出了洋相的学生在迎新年联欢会上,为大家表演了一个好节目:学狗叫。"汪,汪,汪……"他叫得实在太像了,对着我们叫的样子就真像是一只狗在叫。大家都笑了。新年就要到了,多好的一阵狗叫啊!

进入新年以后,学生们不再叫他名字了,遇见了他,都

小先生

汪汪地叫。这真是大狗也汪汪地叫,小狗也汪汪地叫。这群快乐的孩子啊,他们的头发很黑,他们的嘴唇很红,他们的牙齿很白,他们的身上发出了类似青苹果的味道。在课间,秘密地听见他们在汪汪地叫着,我觉得我很幸福。

毛头与狗叫

弹弓与毽子

那几天，靠近学校附近的一老乡家的猪得了一个奇怪的病，每当下午放学时间，他们家的猪就不停地嚎叫，且不停地蹦跳，声音惨烈。这乡亲还说，去年养的羊也是这个时候犯病的，肯定与我们学校有关。这乡亲说"肯定"的时候，还握出了他的大拳头。

我决定在放学时去看一看，结果我去的那个下午猪没犯病，这肯定与我们学校有关了。

我在第二天做了埋伏，终于找到了原因。每当放学的时候，就有无数颗苦楝果像雨点一样射向猪圈——是弹弓！我小时候也玩过这样的游戏，苦楝果打在猪身上是没有伤痕的，但很疼……原来是这样。没有费多大力气，我抓住了打弹弓的几个学生，当即做了处分决定，他们必须给这只猪打一个星期的猪草，且罚没弹弓。

弹弓与毽子

没有了弹弓，又已近冬天了，学生们开始踢毽子。我们班有一个佩着金耳环的男生，他有一只漂亮的鸡毛毽子，鸡毛鲜艳油亮，而且包了一枚"顺治铜钱"，更绝的是他能跳出许多花样：踢、剪、捧、贴、停、环、播、偷……让人看得眼花缭乱，结果由于这个会踢毽子的男生，学生们迷上了踢毽子。不出几天，很多学生都拥有了一只精美的鸡毛毽子，但学生们闯下的祸就随之冒出来了。有很多乡亲都来我们学校告状，有人还抱着一只脖子已经光了的公鸡。我们校长说得好，怕什么，公鸡又不生蛋，正好杀了"碰头"（民间的AA制式聚餐）吃。

事实上，乡亲们养公鸡不是为了宰了吃的，养公鸡是用来报时的，头鸡叫了，二鸡叫了，每一阵的鸡鸣都是不同的时辰，公鸡都是晨钟呢。这样的损失可不是几个钱能够摆平的。在乡亲们的声讨声中，校长笑着答应由他来敲学校的钟，代替公鸡们报晓。我们的校长在乡亲们走后开了教师会。在会上，校长说："告诉你们，你们自己值班，我是不值班的，谁叫你们教了一群不打啼只闯祸的小公鸡呢！"

校长在说这句话的时候，我看到窗外的学生们正在乐不知疲地踢毽子。踢、剪、捧、贴、停、环、播、偷……五彩缤纷的毽子像无数只彩色的鸟在学生们中间轻盈地扑棱着。

眨眼睛的豌豆花

　　教室不远处的豌豆花开了,像无数只眼睛在不停地眨。这是五月上午乡村学校的时光,淡淡的豌豆花香似乎击穿了我年轻的生命。豌豆花,豌豆花,也许是在默念着豌豆花,每堂课前,我总是感到有人在教室外调皮地看着我。我的心有点乱。教室里的学生静悄悄的,他们的黑眼睛紧紧盯着我。那些黑眼睛,一会儿眨一下,一会儿眨一下,似乎有微风,令我也不由得眨起了眼睛。我在黑板上布置下今天的作文题目:《眨眼睛的豌豆花》。看着题目,学生们的眼睛眨得更调皮了,教室里像是也有无数只眨眼睛的豌豆花。

　　有一个左耳上戴着金耳环的男孩始终没有抬头看黑板,他把两只蚂蚁放在了一个仰口的瓶盖里,那两只蚂蚁总想沿着瓶盖的螺旋纹爬出去,它们的努力是徒劳的——男孩的手总是在它们快要成功时暴力地把它们重新推到了瓶盖中。整

眨眼睛的豌豆花

整半节课，他就这么做着这个游戏。待我走到他身边时，他仍在侍候着这两只蚂蚁。我提醒他看黑板，他抬起了头，满脸通红，这是一朵黑里透红的豌豆花，一朵带露珠的豌豆花。也就在这个时候，那两只蚂蚁爬出了瓶盖，爬上了课桌，再后来，像两个逗号一样，一路爬了下去。这两只蚂蚁终于"自由"了。也许，它们会爬到豌豆花丛中去？

我很想提前告诉学生们，要放忙假（为季节假）了。忙假是农村学校的一个惯例，既让教师们回到自己的地里忙上一个季节，也让孩子们在农忙季节里帮一下父母们的忙。我越过豌豆花丛，看到不远处的麦子熟了，阳光下的麦田有一种喜剧开幕的味道。我静静地等着学生们把作文写完。学生们飞快地写着，我听见了蚕宝宝的声音。临近下课，学生们把作文本（很多是卷了角的）一本又一本交了上来，我一边抚平着作文本上的那些卷角，一边对学生们说，下午放忙假了。学生们没有惊叫，都在平静地收拾着书包，而那个玩蚂蚁的学生还在桌上奋笔疾书。

下课的铃声响了，我看见学生们都走到金色的麦田中了，当麦浪涌上来，我就看不见我的学生们了，我的心也好像掉下去了。我只踮起脚尖看。一阵麦的波浪涌向天边了，我又看到我学生的黑头颅了，我似乎还听见他们的歌声——阳光

015

一般透明的歌声。有个学生还在麦地中快速地跑起来，我感到了一排排金色的麦子又向他俯冲过来了，那些金色的麦子都想抓住这些急急回家的孩子们，可它们能不能抓住呢？只一恍惚，那些学生们就全不见了，好像一只只麦鸟消失在麦田中了，我突然有了一股想在麦田中打滚的冲动。

　　我回头再看一看那个玩蚂蚁的学生，那个学生已不见了。他玩的那个塑料瓶盖还在，他的那个卷了角的作文本也在，上面有他写的自己的名字，那两个字的笔画都局促地挤在一起，就像他玩的那两只蚂蚁。

八个女生跳大绳

　　学校边的野塘都封冻了，天太冷了，从男生们的种种表现可以得出一个结论：天越冷，那些男生们在向阳的墙上挤暖和挤得越厉害。野塘里的冰也越冰越厚，后来野塘上面终于可以走人了。我在班上宣布过不许到野塘上跑冰的纪律，但还是有学生悄悄地跑到冰上面溜冰。有一个少年居然还用脚去跺，据学生讲，他一边跺还一边喊："嗨嗨嗨！"像是练功，足足跺了二十多下，终于连鞋带着腿跺到一个冰窟窿里了。

　　我来到教室时，他正躲在后面的位置上瑟瑟发抖。我用我的鞋给他换上，并把他的鞋带到办公室去烘烤。烘烤了一堂课才烤好。当我来到教室里时，这个招风耳的少年居然穿着我的大鞋在快速地跑呢。瞧他那种疯狂的无所顾忌的样子，真令我怀疑刚才掉下冰塘的不是他，而是另外

一个人。

女生们御寒的方式就好多了，她们在天冷的时候只是聚在一起跳绳。跳得快的女生只见她的脚动而看不见她手中的绳子。有正跳的，也有反跳的，还有8字花样跳的。最绝的是跳一下，绳子能过两圈。但渐渐地，她们不满意跳小绳，而决定跳大绳。跳大绳须用一条长长的绳子，两人用力抡，其余人跳，一人一人地往上加，加的同时还在跳，往上加的人要胆大心细，否则绳就会碰痛脸，而且一起跳的人步调要一致，难度很大。

我就曾在一次课间看见了八个女生在一起跳大绳，红褂子绿褂子齐耳短发或朝天椒的女生啊，跳得那么步调一致，像八朵鲜花同时开放。围观的女生和跳大绳的女生一起喊："一、二、三……"

我从这以后再也没有见过那么多女生一起跳大绳。每当我想起这件事，我的脑海里总是有八个女生在跳大绳，而我也在不由自主地帮她们数:"……九十六、九十七、九十八、九十九……"

她们有没有跳到一百个呢?

我怎么也想不起来了,我想她们是能够跳过一百大关的,并能和我一起气喘吁吁又无比兴奋地喊道:"一百!"

八个女生跳大绳

泥哨悠扬

乡村学校的日子其实是很单调的,所以一旦有快乐来临,就如同节日一般。比如每年的乡里文艺汇演就是我们学校的节日。不过校长还是有要求的,最好能拿锦旗,拿不到锦旗就要拿奖状。锦旗是团体奖,我们几乎没有可能,所以就盯上了奖状,也就是那些单项奖。

有了这样的比赛思路,本来没有必胜信心的孩子们就被激活了。这些孩子几乎都是天才,每年都有令人叫绝的创意。比如有一年,三(1)班的学生排了一个节目,叫做《绣金匾》。舞蹈的动作是一个女孩子在思念中不停地刺绣,刺绣不需要真正的绣匾,但需要一只绣匾道具,可是我们从哪来找到一只绣匾呢?

谁也没有想到,等到汇演的时候,三(1)班的那个脸上有雀斑的女生竟然找到了道具,她手持着一只正在怒放的向

小 先 生

日葵匾做绣匾，金灿灿的向日葵匾把大家的眼睛都晃花了。已经灌了浆的"绣匾"是很重的，手持向日葵匾的女生脸上都沁出了汗珠。向日葵的花瓣落了整整一地，像一团灵动的火苗在跳跃。

泥土里长大的孩子总时不时地长出"侧枝"，这就需要及时而用心地修剪。曾有那么一阵子，有人总向校长反映我们班贪吃的学生挖地里的芋头吃。我开始还有点不相信，有摘刚结出的青豆子尝鲜的，有摘瓜尝鲜的，有扯山芋吃的。但那些是可以直接吃的，刚长成的芋头是不能生吃的啊，校长告诉我时，我还有点不相信。后来有一天黄昏，离学校不远的打谷场上发生了火灾。火光冲天，一座草垛着火了，像一大堆篝火。我赶到时，草垛已经烧完了。我的三个学生知错似的躲在一旁，我没有训斥他们，还闻见了一股熟芋头的香味。我明白了，他们的芋头是用火焖烧的，然后用盐粒蘸着吃，一种很香的吃法。我把他们带到办公室里，在灯光下，他们全是黑嘴唇、黑鼻子，像是一群从非洲来的孩子，令我既心疼又可笑。

不同的季节，学生们会吹很多哨子的。柳叶绿了，吹柳叶哨；麦秸黄了，吹麦秸哨；草长高了，吹草叶哨；苇叶宽了，吹苇叶哨；野麦结荚了，吹野麦哨……哨声很响，有点像燕子，像黄雀，像叫天子，或者什么也不像，反正他们吹的都是少年的心事。我最喜欢听的是泥哨。在所有的哨声中，泥哨声最动听、嘹亮。谁能想到那些又粗又硬的泥块也会发出声音呢！

泥哨的声音就像高空中的苍鹰在啸——在上学前、放学后，我常听见泥哨悠扬，把我的心吹得像一只风筝似的，在这寂寞而又趣味无限的乡村上空飞过。

纸飞机飞啊飞

每年五六月份,麦子黄了,菜籽熟了,乡亲们要准备收麦子和菜籽,还要在空地上忙着打棉花钵,一句话,收获和播种的季节到了。实际上,学校也快到了收获的季节了,用胖教导主任的话来说:"又是龙灯又是会(指很热闹的乡村庙会),又是老奶奶八十岁。"实在太忙了,乡亲们有句话,叫做"大忙"——是谁发明了"大忙"这个词?

操场上的蜻蜓多了起来,它们像巡逻机似的一架一架地飞行,飞得那么慢,好像在故意逗人似的。有一次,我看见了一个捉蜻蜓的少年,他用手中的书拍打蜻蜓,那是一只玉蜻蜓。少年张开双臂,手中的书本也张开双臂,远远看去,少年也好像一只大蜻蜓。他们都在飞。我看了他们半天,他们谁也没有捉住谁。远处不时传来几声羊羔的声音。

还有一次,好像是大风吹来——应该是大风吹来了整整一操场的蜻蜓！蜻蜓的翅膀闪烁不已。我还没进入教室，教室里就传来了一股浓烈的汗腥味。那时我正在黑板前板书，回一次头来，教室里都会多几只蜻蜓；再回一次头，又多了几只蜻蜓……好在蜻蜓飞的时候不叫，而且它们大多都不能再飞了，只飞了一会儿便停在某处不动了。肯定是那些孩子干的。但我不生气，也不能生气。我知道，面对这些调皮的孩子，沉默比批评更能浇灭他们的野性子，否则，孩子们的野性会火上浇油，愈烧愈旺。

好在蜻蜓风过去之后，孩子们很快就忘记了——转而斗"独角仙"（一种像犀牛的独角大甲虫）。两只很大的有独角的甲壳虫如斗牛般地斗出胜负。我不知道他们中能不能出达尔文。但他们兴致转移很快，斗完"独角仙"后他们又开始斗"牛"了——是两只龇牙咧嘴的"天牛"。我给孩子们讲过法布尔的《昆虫记》，而这，就是孩子们的《昆虫记》。

孩子们最不受季节控制的玩法是叠纸飞机。课余我会在办公室里看到办公室外有一架又一架纸飞机飞行，连我们的教室屋顶上都有很多遇难的纸飞机。有一次上课，我刚转过身去，一架纸飞机就撞上了我的后背，然后坠在我的脚下。我没有回身，继续在黑板上写。粉笔沙沙地响——教室里很安静，远处有隔断鸟（一种出没于稻田里有血红鸟冠的黑羽野鸟）在叫，"隔断——""隔断——"。

　　我隐忍的愤怒"感染"了很多学生。一位男生终于怯生生地站起来了。这就是刚才那架纸飞机的飞行员——我俯身捡起那架纸飞机，用力一掷，不偏不倚，正好飞到那少年的桌上。那少年抓住那纸飞机——他的手在颤抖，像是那架纸飞机的发动机没有熄火似的。

　　后来这堂课纪律变得出奇地好。下了课，我发现很多学生都在操场上学习我上课时掷飞机的姿势——向上，75度。纸飞机款款地飞，刹那间，我们的校园仿佛是一座繁荣的航空港。

一朵急脾气的粉笔花

乡下孩子从小就有大人物的癖好，喜欢在墙上题字。经常可以在乡村的土墙上、砖壁上，还有牛棚的墙上看到他们的"涂鸦"。题字工具除了他们练大字的黑汁外，有用红砖的，有用青砖的，其实他们最喜爱的是用粉笔来涂鸦，所以就出现了很多偷粉笔的孩子。

开始我还不知道，下课之后他们就会哄起来抢着擦黑板，后来才知道他们是要捡那些我剩下的粉笔头，尤其是彩色粉笔头最为珍贵。我们学校还发生过一位教师喜欢用手中的粉笔头"教训"不听话的学生的事。而轮到他上课，不听话的学生就特别多，这真是没有办法的事。

我知道很多孩子都藏有一些秘密的粉笔头。他们可以往地上画他们需要的内容。画个龇牙咧嘴的鬼，画汽车，画太阳（还有光芒），有的就画一条线，在路上一路延伸，拐弯，

小先生

一直画到自家的门口停下,仿佛是自己放了一条钓鱼线似的,而自己就是他钓上的那条大鱼。还有一些孩子画了不少"小心陷阱""小心地雷"等字样,弄得路上很多人都小心翼翼。有的还在地上写上对手的大名、小名及绰号,并加上"打倒"等字样。最严重的一次不知是谁写了校长的大名,而且正好被校长看见了。校长很生气,反复地开会,重申爱护公物的重要意义。讲到最后就申明谁也不允许乱丢粉笔头,粉笔头一律集中到总务处去。

可百密总有一疏,丢粉笔的事还是发生在校长讲话后的一天。一位教师上课后回办公室发现粉笔盒坏了,有一个洞,里面的粉笔已经漏空了,粉笔都不见了。问了许多学生,包括班干部,都说没有拾到。事情汇报到校长那儿,校长笑着说,肯定分赃了,他们不知道有多宝贝呢,信不信,过不了几天墙上又是"鬼画符"了。一个教师出了个主意,要查很简单,谁写的查笔迹,一查一个准。但这样有指导方针的追查运动,过了一个星期,也没有嫌疑犯。后来也就淡掉了,谁会和一盒粉笔过不去呢。

过了好久的一天,我打开办公室的门,办公室的门上有一朵粉笔花在摇曳着。说实话这花画得并不美,花盘倾斜,花瓣也不全,像一朵没准备好就匆匆开放的花。一朵急脾气

一朵急脾气的粉笔花

的花，这是谁画的呢？我看了一会儿，觉得一种什么情愫将我打动，我拿起粉笔就在这朵粉笔花的上面画了一只蜜蜂。

我以为别人不会注意的，哪知很多走进办公室的老师说，这朵花太大了，有点像向日葵了；这蜜蜂也太大了，有点像小鸟了。这是谁画的？赶快告诉校长。话这么说，但没有人告诉校长。过了一会儿，校长过来看，他没说画得好不好，也没问这是谁画的。

过了一段时间，村里的墙上多了很多类似的向日葵与蜜蜂或菊花与鸟。我想，这其中肯定有那些偷粉笔的孩子画的。我不说出，他们也不会说出，一朵巨大的粉笔花在我们的内心怒放着。

办公室门上的粉笔花很久没有擦掉。有一天大雾，我看到办公室门上的粉笔花不见了，我以为谁把它擦去了。可大雾散去，太阳升起来，琅琅的读书声一阵又一阵飞进办公室来。我又看见了那粉笔花，粉笔花仍在办公室的门上，像刚刚画上去似的。看见了这幅画，我心里似乎满是蜜蜂嘹亮的歌声，当当的钟声也没有将它们吓走，反而越聚越多，把我的心挤成了一个甜蜜的蜂巢。

撞进教室的麻雀

写字课上，一只愣头愣脑的麻雀忽然撞进了我们教室，像睡眼惺忪的学生走错了教室。本来很安静的孩子们的心一下子都像那麻雀一样乱飞了。这只慌张的麻雀，它唧唧唧地叫着，仿佛又在表演，它一会儿飞到教室前面，一会儿又飞到教室后面，学生们的头一会儿向前倾，一会儿向后仰。我看见一个学生悄悄地打开了窗户，它会不会从这敞开的窗户里飞出去呢？

可这只麻雀似乎不知道这个学生的好意，它还在唧唧唧地叫，又有点心虚了，它乱飞了好一阵子，学生们的心也乱飞了好一阵子，终于，这只麻雀飞出去了，从那敞开的窗户中。

但孩子们已无法安静下来了，好在传来了下课的钟声。我如释重负，学生们都冲出了教室。教室屋顶上的麻雀很多，哪一只是刚才走错教室的麻雀？谁也不会在意这一点了，趁着下课的空隙，学生们大多盘起一条腿"架鸡"，只有刚才那位开窗户的学生坐在窗前，他是一个拐腿的孩子，下了课他总是默默地坐着。有时候出来走，他也只是贴着墙脚走，不知是他不喜欢看其他的同学"架鸡"，还是生怕那些孩子会撞翻他。他走得很缓慢，像一个疼痛的词。他是我们班来得最早的人，本来教室的钥匙丢给了班长，后来我还是把教室钥匙丢给了他，他就到教室更早了。我曾试图和他交谈，我总说起张海迪或者海伦，可他总是羞赧地微笑着，低着头，一句话也不说。

还是他自己在他的作文里说出了他的秘密。记得那次作文题目是写一个"你最崇拜的人"，很多孩子们心中最崇拜的是名人，唯有这个孩子没有写任何名人的名字，而只是写了一句:"骑自行车的人"。

　　后来在下午的活动课上,我和我们班的学生就用一根扁担横绑在车后架上,帮他学骑车。他学得很勤奋,涨红着脸,努力降伏总是左右摇摆的自行车。

　　终于他学会了骑车,我看过他骑车的样子,他骄傲地抬着头,目视前方,像那只冲出教室的麻雀,不,他更像一只怒飞的雄鹰!

撞进教室的麻雀

挤 暖 和

冬天又到了,猜个谜语吧:"冬长夏不长,要长根朝上。"这个谜语的谜底就叫做"冻冻丁"——雪水化后又悬结在屋檐边的冰柱。我们曾因卫生问题警告过学生不要吃"冻冻丁",但学生们不管这些,照样像青蛙一样跳,摘那屋檐下的"冻冻丁",够不着还"搭高肩"(一个站到一个的肩上)摘,然后就把摘下的"冻冻丁"塞到嘴里咯吱咯吱地嚼,侉得很,这些侉孩子别看他们听话,一旦犟起来,十头牛都拉不回。

是啊,孩子们肯定是不馋的,但他们喜欢"冻冻丁"的味道。有的孩子还从河里找到了大块厚冰,磨圆了,用一根芦管在中央使劲吹出一只小洞,然后用绳子穿上,当滚车轮玩;还有的孩子索性就把两块冰穿起来让另一个学生拉着滑行。真是不怕做不到,就怕想不到。冰块把孩子们的手冰得红通通的。可他们并不冷,手背上全都冒着热气。

如果不下雪，冻冻丁也就长不成。但孩子们总会找到办法玩，他们还可以跳绳、踢毽子。天再冷的时候，学生就朝太阳下钻了。他们聚在一起，然后不约而同地分成两派，开始"挤暖和"。他们真的像两群初生的牛犊，头对头地抵着——听着他们嗷嗷地叫，真是吃奶的力气也挤出来了，不过到了教室里，再也没有跺脚的事情发生了，他们像一只只羽毛凌乱的鸟儿，兴奋到半节课后才安静下来。

由于县里其他学校发生了好几起意外事故，所以校长不允许学生"挤暖和"。在校长的高压和我们大呼小叫下，学生们开始"化整为零"，一对一地挤——其实不是挤，而是两个人做"完全弹性碰撞"，像两条龙的角力。"嘿""嘿""嘿嘿"。一声高似一声，还是有节奏的，看不见校长的时候，两条"龙"后面就迅速跟上了很多人，孩子们鼓着腮帮，把力运向一侧，然后一撞——把力进行传递，一直传递到领头的大个子男生肩上。挤的目的不是胜利，而在乎暖和。

我曾在班上讲汉语中有意思的特例词。我举出了"吃食堂""打酱油""晒太阳"等词，有个学生急中生智，说出了"挤暖和"一词。

"挤暖和"，多好的词啊，牙膏的清香一样，用力一挤，"暖和"就挤出来了。

黑板上面的游动光斑

我发现乡亲们说话比我们这些先生说话来得更干脆、更彻底，一句话就能把意思表达得一清二楚。比如他们把学生分为两类，"吃字"和"不吃字"的。他们还说，如果孩子不吃字就得狠狠地"办事"。这"办事"就是指打。他们认为吃字和吃饭一样，不肯扒饭不肯吃字只要教训一下就可以吃字了。如果学生的确不吃字，乡亲们并不怪学校，而只会怪自己的孩子，他们说，这不能怪人了，只能怪他自己要吃"不吃字的苦"。

后来我发现在师范时所学的教育学一点也用不上。乡亲们的土制分类法非常管用，学生的确可以分为"吃字"和"不吃字"的。吃字的学生在上课时眼睛眨都不眨，真的好像要把我们嘴里吐出的话一字不漏地"吃"下去；而不吃字的学生屁股下面好像有钉子，眼睛东张西望，或者干脆就做小动作。

考试时更能分清"吃字"和"不吃字"的。吃字的学生考试时像蚕儿吐丝，不吃字的学生考试时像抽筋似的。不过，不吃字的学生也不是很笨的，他们的本领在劳动和其他方面，要比"吃字"的学生聪明得多，甚至更优秀些。

话是这么说，在课堂上虽然管理的仍是那些"不吃字"的学生，这些少年不肯或不会吃字，但是野性还在，他们身上的野性其实是一种活力（有一些教师的课讲得并不生动）。在课上没法施展野性又跟不上课程的只好用书本遮着睡觉（指后排的学生）。但出了校门或毕了业，他们就神了，而且还特别有礼貌。

那天上午，我一进教室，就发现教室有点不对劲，再仔细一看，原来又是谁把墙上的世界地图反过来挂了。这个无头案只能等到下课再破了，我可以肯定是那些调皮蛋干的，因为他们不满意我上周对他们罚抄作业的处分，或者不完全是，这些"人物"，批评后第一天他们会安稳一下，到了第二天第三天他们又会"制造事端"。这一特点，好多老师都有同感。进一个新班，有两类学生的名字记得最清楚，毕了业好多年也是这两类学生，成绩好的与调皮蛋的。为什么会是这样？我总是以为自己付出了一个教师的努力，其实还是愧对了那些既听话又认真的学生。

小 先 生

　　我没有理会那颠倒下去的世界地图，我不能用"无意注意"冲淡这节课。"起立。""坐下。""老师好。""同学们好。"我正在板书的时候，发现黑板的上方好像坏了，有一个洞——我再一看，原来是一束光斑！开始那光斑还定着不动，再后来就游动开来，上下晃动。这是一个非常调皮的光斑，还做着鬼脸——对着全班同学！我回过身去，光束消失了。我再次背过身去继续板书，光斑又出现了，还是做着鬼脸。我忍了一会儿再次回过身去，光斑又消失了。这肯定是一个靠近南边有阳光窗户下的一个家伙干的。同学们肯定都知道是谁干的，只有我不知道。我知道我不能生气，我一生气那个躲在阳光背后的学生就会吃吃地发笑。我决定抓住他，否则这堂课肯定不安稳。我把板书写得很长，那调皮的光斑又出现，甚至还游动到了我的身上。我没有吱声，我写得非常定神、自如。

　　后来我猛然一转身，终于看到了那个制造游动光斑的少年。果然不出我所料——他的手想遮住那束阳光，但已经来不及了，那束阳光还是出卖了他，被出卖的还有他慌乱的手指，以及他拼命低下去的像刺猬一样的头颅。

　　我想笑，但还是拼命忍住了。

两条长辫子的女生

春天的紫嘴唇与紫萝卜有关。但过了春天，紫萝卜都开花了，紫萝卜开花与油菜花一样，不过不开金黄色的花，而只开紫颜色的花。

初夏到了，那些拥有紫嘴唇的肯定与野桑椹有关。都是一些男孩子。我在课堂上讲过多少次桑椹不卫生，有苍蝇叮过，不可以摘了吃的，可那些孩子还是照吃不误，只留下紫嘴唇给我。有时他们不留下紫嘴唇——把舌头伸出来吃，但手指肯定是紫色的，洗也洗不掉的。

我心里很明白，我的命令对于一些天性调皮的学生只是做做样子，一点也当不了真的。不过说了，总比不说强，最起码他们要少吃点。过了这个夏天，很多学生脸上长了很多虫斑，像很多光斑打在脸上，很是惹眼。我就在班会课上加上一节卫生课，去谈蛔虫的害处。一直讲到蛔虫能致人死亡，

小先生

　　这种狐假虎威的恐吓法也取得了一些效果，不过这时树上已经没有桑椹了。有的学生开始吃驱虫药打虫。虫斑消失了，红嘴唇又出现了。但愿他们明年夏天还能记得我这堂课。

　　我们班只有一个女生嘴唇总是紫色的，她总是扎着很长的辫子——可以说是我们学校女生辫子最长的，一看就知道家里有个会梳辫子的长辈。后来我看到了她的奶奶，她奶奶慈眉善目的，每天都等她放学。叫法也好玩，叫她宝宝。宝宝宝宝地叫。弄得我们班男生女生都这样叫她宝宝宝宝。她也答应。两条乌蛇一样的长辫子在她身后一甩一甩的。

　　有一次，她身后的一个男生抓住了她的辫子——她正准备发言——结果她没有尖叫，而是哆嗦着，坐了下去，汗水淋漓，嘴唇发乌，像吃了许多桑椹似的，我从未见过这种情形，叫来了总务主任，总务主任立即叫来了村里的医生，村里的医生确实很能干，只让她吃了一颗药，这个女生的嘴唇又回乌转红了。

　　事后，那个抓她辫子的男生遭了处分，警告。这还算轻的。因为她有心脏病……心脏病！这个词就够学生们吓的了。我还把那个女生调了位置。她就成了我们班上的宝宝了。我把她从值日表上划掉，不让她去做广播体操，不让她参加集体劳动。我忘不了她乌乌的嘴唇。不过她很固执，没有她值日她也坚持

两条长辫子的女生

值日，集体劳动时她也参加。两条乌黑的大辫子拖到了地上，又被她甩了上去。

我总是有点心疼。因为村里那个医生说了，她这种心脏病活下去最多不超过二十岁。二十岁！还有多少年啊！数数指头也算得过来啊！不知道她自己知道不知道。

我的办公桌的抽屉里藏着她的一幅新年贺卡，她自己做的布贴画。她用碎布贴了一只狗熊，笨拙的可爱的狗熊，还长了两根长辫子。这是她自己呢。

有一天，我听到她对那个抓他辫子的男生说："你猜几？"我知道她在和他做游戏。我心里叹息了一声，她……还是个孩子啊。

故事课上，"宝宝"也红着脸给我们讲了一个故事。她讲了一个邻村有鼻子有眼的故事，一个男孩，喜欢吃桑椹，他不知道那颗最大最紫的桑椹被一条蛇游过了，后来他吃下去了，结果没有几天，他肚子越来越大，后来就疼得厉害，医生把他肚子剖开来一看，肚子里卧着几条小蛇呢。

"宝宝"讲得绘声绘色，这下轮到那些听得入迷的男生嘴唇变紫了。他们咬着变了色的嘴唇，表情严肃。宝宝的故事把他们吓着了。这其实是我童年时也听过的故事，我怎么没有想到讲这个故事呢？

请举起你的手

别人都叫他哑巴——可他看上去一点也不像不会说话的人——他的眼睛很清澈,他也听得见,所以如果你跟他交谈,你很难看出他不能说话。他成绩中上,由于没有听到他大声读过书,我心中还存有侥幸,是不是他不愿意或者不屑跟我们说话,或者干脆他总是躲在一个秘密的地方琅琅地读书。

作为老师,四五十个学生总是像鸟儿一样在我身边叽叽喳喳地叫,而且都不是文静的鸟儿,一会儿一个用墨水抹到其他同学衣服上了,一会儿一个男生和一个女生因为课桌上的三八线吵架了,一会儿课代表说某个学生忘了交作业。

我特别喜欢上自习课,在自习课上我取出一本书,坐在讲桌后面看,学生们都静了下来,低下头去。我不时从书本上抬起头来,这时我往往和一些学生的目光相遇,我的心很平静,只有当我看到我的这位学生时,我的心才猛然一怔。

在他的眼神中我又心怀侥幸。我定定地看着他，他把头低下去了，我想，他是不是还在斗争，要不要站起来叫我一声"先生"呢？下课了，被我捺了一节课性子的学生早已冲出了教室。唯有这个学生不，他默默地走着，有的同学也和他说话，不过他不作答，只是打手势。

那学生肯定不知道我心里想什么。有一次，因为他我还差点和另一位教师吵起架来，就因为这个教师说了句，"要是我们班的学生都像你们班的哑巴学生就好了"。我立即就激动地说："你这是什么话？你这是什么话？"说完了，我还看看窗外，我生怕那个学生听到。那位教师被我突然大声的责问弄得莫名其妙，我想向他解释，刚想开口，想想还是算了。

农民常说，"少一窍会更聪明"。他耳朵尖，我生怕他听见别人议论他。事实总是与我的想法相左，这真是没有办法的事。我一直喊这个学生大名——学名。我的学生也叫其学名。可有一次，一个低年级的学生在我的教室外大声地喊："哑巴，哑巴。"这个学生就走出来了，满脸通红。我也跟了出来，训斥那个学生，而那个学生不以为然地指着我的学生反驳道（说）："你说他是不是哑巴？你说他是不是哑巴？"口气还凶得很。其他学生告诉我，他是哑巴学生的亲兄弟。后来我了解到，他父母因为哑巴残疾，早早申请了二胎，这个小孩就

是二胎指标。从衣着上可以看得出他父母的重心在哪里。

当着我的面，我的这位学生牵着那个小男孩走了。后来这小孩总过来叫哑巴，弄得我们班的学生都叫他哑巴，我不知道怎么制止。不过我还坚持我的叫法，叫他的学名。我不希望他在沉默中忘掉他的学名。每次班上点名，我点到他的名字时，他总是怔了怔，然后举起手（这是我要求的）。只要我看到他举起手，我就感到他心里的自尊又长出了一片新叶。

第二辑

卷了角的作业本

The Little
Teacher

我爱野兔

学生们不闯祸是不可能的，关键看你是否有想象力，想象得出他们闯祸的名堂来。有时他们闯的祸你想都想不到，比如九月份新学期刚开始，我本来是让他们各自回家带小铲锹，把操场上暑期里疯长了两个月的草铲去。后来，操场上的草是铲光了，却铲出了一个想不到的祸事来。那个头顶上生有两个发旋的学生在放学的时候，用他的小铲锹（前一天晚上因为听说是学校要用，他父亲还把小铲锹用磨刀石磨快了）把拴在路边吃草的牛的尾巴给铲掉了。

乡亲找到学校认定是某学生干的，他的理由是如果不是那些"小公鸡"干的坏事，难道是鬼干的？我问学生们，学生们都不承认。因为没有任何线索，乡亲又不肯走，弄得我们学校很被动。最后，还是我们班里一位小个子的鼻涕虎悄悄地告诉了我真相，是那个头顶上有两个发旋的男生干的。找

到了人，就得解决问题。想不到，后来的问题很简单地解决了，那惹祸的学生家和牛的主人家有表亲，在村里有一说叫"一表三千里"，何况是乡里乡亲呢，无尾牛就无尾牛吧。

从这以后，我就开始注意那个小个子的鼻涕虎了。这个小个子男生身上总是很脏，好像是用泥和灰捏成的人，头发永远是桀骜不驯的样子。学生们都叫他鼻涕虎，我把他叫做野兔，因为他在作文中写过野兔，他说他最喜欢看野兔过河，野兔在水面上哗啦啦地就蹿过了河，像一支箭。我没有见过野兔过河，也没有听说过，但我相信这是真的，肯定也是他亲眼看到的。

男生的父亲是个聋木匠，母亲是个瘫子。他很聪明，什么课一讲就懂。这只"野兔"还善于奔跑，跑得真像兔子一样快，这可能与他家里的事太多有关。他家里总有做不完的事。再后来他母亲去世了，"野兔"的父亲就准备带他去远方做木匠活了。当他把这个消息告诉我时，我的心往下一沉，我说："你愿意吗？"他看看我，低下头，用脚上的一双略显大的旧皮鞋搓着地面，一下又一下；又抬起头，看看我，让我不知道说什么好。

我曾去他家与他的聋父亲说，当然是连比划带吼叫，好不容易把话说清楚了，而聋木匠非常地固执，他依然把我的

"野兔"带走了。在"野兔"走后的几个月里,我经常在课上渴望着,一个长有亮眼睛的"野兔",真的像野兔一样,在上课前一分钟,带着一阵风,冲进我的教室里来。

爱脸红的女孩子

这是夏天爱穿长裤而不穿裙子的女孩子,爱脸红的女孩子。

这样的女孩子不是一个,而是一群,她们一看到陌生人就脸红,一看到老师也脸红,说话发音时也脸红。

上课时,我有时会把目光投向她们,她们也会不由自主地脸红起来。

在乡下,虽然说与过去不一样了,但男孩和女孩还是很不一样的。这可从乡村学校的女教师罕见来证明。还有一个现象,我教过的学生中途辍学回家的男孩很少,几乎清一色的是女孩。县里要求"一个都不能少",我们教师也一一上门做工作,那些女孩子的家长就说:"你问她,问问她。"我能问什么呢,辍学的女孩无一例外是超生游击队家的长女(在家里没有学名,都叫大丫头)。她们要经常替母亲受气,帮着带躲养来的又被罚了款的小弟弟。虽说学校每年都有减免任务，但学校另有规定，困难减免是对于家里真正有困难的，而对于因计划生育问题而困难的人家不允许减免。所以我们无法做工作，劳而无功，只有让她们辍学了。有时在河上遇见这些刚干完活回来的女孩子，她们仍然脸红，然后急匆匆地与我擦肩而过，像一阵忧郁的风，吹得我的心一点也不能轻松起来。

我们班有个女生小名叫做无名字。她的学名叫妮娜——这是她的瘸腿养父替她起的，大概是由于看电视的影响。她的养父是个鳏夫，而妮娜是个捡来的弃婴，她进我们班后很难看到她的微笑。这一个不知道父母的女孩在众多上学的女生中显得更沉重一些（她的养父还供她上学）。不过有一次她就干出了一件谁也想不到的事情，她把一调皮男孩的耳朵给扯红了——因为那男生在她面前学瘸腿走路。我有点不相信她有这么大的力气，但很多同学都说亲眼看到她把他骑在下面，他在她的手下发出了一声惊天的惨叫。

她和其他女孩子一样，一样爱脸红，一样属于班上的稳重派，而且班上前十名中一般有七名左右的是女孩子。男孩子曾在班会上说过我重女轻男。我没有回答，谁叫女孩子比你们更听话呢。总务主任因事到班上调人，男孩子不站起，

而女孩子则一个个站起来响应。

　　有一次乡里来听我的公开课，领导们坐在教室的后面，爱脸红的女孩子脸上红扑扑的，像一颗又一颗熟熟的草莓，我则像一个在草莓地中劳动的农民，心情舒畅，声音有力，我终于上了一堂非常成功的公开课。到了下课，女孩子的鼻尖上竟沁出了细亮的汗珠。

　　在日记中，我给那些爱脸红的女孩子都取了一个好名字：乡村百合。

芋头开花

跟乡亲们混熟了，就能大体知道他们各自的脾气，有榆树脾气的，也有山芋脾气的。有一个急脾气的乡亲很有意思，第一天才跟我说要多给他的儿子补补课，第二天就来学校问我他的儿子考了多少分。每次测试后都会出现这种情况，第二天清晨他又准时出现在学校门口，眼神巴巴地，问他儿子的分数。天呐，这又不是长蘑菇！可一场雨一下，那些耳朵样的"蘑菇们"还是会探头探脑地出现在校园里了。

急脾气的父亲养出来的可不一定是急脾气的儿子。那个急脾气乡亲的儿子是个慢脾气。一次课堂作业，别人很快就做好了，可他偏不着急，慢腾腾地在橡皮上画着什么。下课铃要响了，他还在橡皮上不紧不慢地画着，画完了，又擦掉重画。这样的习惯使他每次考试总不能在规定的时间里把试卷做完。不过，他的字倒很端正，一笔一画的。但试卷空白

小先生

的部分我不能打分啊,况且试卷后部分的分数会更高。

有时候我会拿着试卷批评他,我苦口婆心地说了半天,他才好像从梦里醒过来,怔怔地看着我,好像我是一个怪物似的。这样的慢脾气怎么抗得住他父亲那样的急脾气?他父亲的办法只有棍棒教育,可他一点也不怕,从不求饶,只是不停地哭,哭得也很怪,能哭上半天也不停,好像在和他父亲犟,看谁能犟得过谁。这样的结果使得他的父亲会反过来劝他,不哭了,不要再"淌麻油"了。可他还是哭,声音还是那样,像在拉二胡,慢慢的,悠悠的,已全没有伤心委屈的味道了。

后来这个急脾气的父亲还是跟着打工潮去了城市,家里就剩下了他母亲和他了。他依旧不紧不慢的,好像还比以前更慢了。

弄得他母亲脾气急了,到我们学校来哭诉,让先生教育教育这个没良心的。我再次去教育过这个学生,依旧没有什么效果。校长知道了这件事,要接手管一管。校长做工作的耐心也是有名的,可是他的工作做下来,那个学生好像没有改掉什么,反而让我们的校长变成了一只"红气球",要不是我上前拉住,他真的像红气球飞到校园上空去了。校长气喘吁吁地说:"什么叫三拳打不出闷屁(谚语,意指无法沟通的人)? 他就是!他十拳也打不出一个闷屁!"

谁也不知道他后来是怎样变了的,我也找不到原因,只是知道他母亲病了。母亲一病,他就得担负起家里的一些农活。有一些农活可以放一放,有一些农活还必须做,比如说浇芋头。芋头这东西怕旱,又怕涝。所以他每天都得在午后去给那些长着招风耳的芋头们浇水。我有时有事去校外,也会遇见他在给自家垛上的芋头浇水。他浇水的勺柄很长,他把长长的勺柄倚在腿上,然后再用力,水扬了起来,飞到了招风耳的芋头叶上了,芋头叶躲了一下,水就浇到了芋头根上了。应该说浇芋头是很吃力的一件事,但他做得还是很快的。

小先生

可能由于他中午吃了力的缘故,所以他在上下午第一节课时总是打瞌睡。他个子不高,坐在前面。上我们班下午第一节课的老师看到了他打瞌睡心就烦,头就疼。很多老师都这么向我反映。我只好把他找来,和他商量一下把他调到教室后面去。我说:"这样可以睡好觉,省得老师的话吵醒你。"我又说:"把你调到后面去,好不好?"他抬起头,"啊"的一声,好像刚醒过来似的。还是三拳打不出闷屁。

有一天,轮到我上第一节课,我对于他,心里已有了准备,让他打瞌睡去吧。我尽量不朝他坐的方向去看。可我还是去看了,他没有打瞌睡,头昂得高高的,一双眼睛晶亮晶亮,眼神还不停地追着我。下了课,他还找到我,叫我:"先生先生,芋头开花了!"我以为他在唱什么歌呢,他又说了一遍。我将信将疑,我是听说过芋头开花的事,但没有亲眼见过。后来他急了,说:"先生,芋头真的开花了,骗你我是小狗!"

我跟着他去了他家的芋头地,芋头们长得很高了。在他浇灌的芋头中,真的有一株开花了,从叶柄中间抽出来一朵花,浅绿色的,像绿色马蹄莲似的。我回过头来看了我的学生,他真的像换了一个人似的。一个孩子就这么长大了。不管你信不信,如果不是我亲眼所见我也不信,连最老实的芋头也学会了开花。

芋头开花

布鞋长了一双眼

男生的爸爸一直生病躺在床上,所以每学期开始时他妈妈都要来学校请求减免学费。每当这时他走路的姿势就很奇怪,生怕踩死地上的蚂蚁似的,走得无声无息。有一次,我看见他跟在他妈妈身后,他妈妈跟在校长身后,校长大步流星地走着,他妈妈只好小步地溜着,而这个男生则像影子一样地追着他妈妈。我想看看这个男生的脸,可他低着头,真不知道他此时在想什么。

这个男生拿着校长的批条到办公室时也是低着头,他看着自己的脚,努力想掩藏什么。如果仔细看一下,就会发现这个男生脚上的布鞋长出了一双眼睛(连脚上的大拇指头也探了出来)。后来在冬天,我发现他的棉鞋上也长出了一双眼睛。天晓得他是怎么穿鞋子的。他妈妈曾对我说:"他怎么能这样'吃'鞋子!"

我也不知道他为什么这样能"吃"鞋子，我曾观察过这个男生平时的走路姿势，像一只山羊在蹦跳。一蹦，又一蹦，还不停地踢着路上的土坷垃。仿佛地上的什么东西都碍他的事。为此他妈妈没少打他，他妈打他从不打他其他地方，只打他的嘴巴。所以我经常看到他脸上的伤痕，我还为此事找他谈了一次话，他向我保证（他保证得很快）说以后一定要好好走路。可屁股一转他又忘记了，他依旧这么蹦，依旧这么踢。他妈妈刚做的新鞋，过不了两天，就能"睁"开一双眼睛，茫然又无辜的眼睛。我也相信他妈妈的话——除非请铁匠给他打一双铁鞋子！

　　铁鞋子肯定是没有的，后来我发现他穿上了一双前面钉皮的布鞋子，他妈妈终于想出了一个办法，给他穿的布鞋子前面包上一层皮。说来也怪，他穿上前面钉皮的布鞋反而不踢了，走路变得小心翼翼的，可这只是暂时的，不久他又恢复了原样，依旧像山羊，依旧一蹦一蹦的，遇什么踢什么，他甚至还踢树！不知他走路很快与这有没有关系。他能在捉迷藏时抓到任何一个间谍，所以伙伴们都不愿带他一起捉迷藏，为了加入这游戏，他向伙伴们发誓不再跑快了，不再跑快了，可是一旦玩起来，他依旧跑得最快，有时他跑走了，人家并不去捉他，或者说不和他玩了，他只好又跑过来，再次发誓。实在没有人玩的时候，他就爬树。有一次我看到树下有两只用皮包了头的布鞋，我知道他在树上，可这鞋哪能叫鞋啊，只能叫揉成一团的旧报纸。

  有一天，我发现他不穿布鞋而穿一双黄胶鞋了，我很为他高兴。黄胶鞋还有点大，他仍然走得很愉快，嘚嘚地走着，仿佛由山羊变成了一匹马。几天后下课时，我见到他又与一群学生打闹在一起了，一个学生不小心踩了他的脚，只听"嗤"的一声，他就像被烫似的低下头，拎着黄胶鞋，左看看，右看看，实在看不出有什么伤疤，最后他又起身跺了跺脚，确认无误之后，才踱回教室，很有些莫名的味道，不过他的同学和我都看见了他的脚指甲有多长了，这也许才是布鞋上长了一双眼睛的真正原因。

口琴与勾拳

  我总把男生比喻成小麦,而女生则比喻成油菜。初春里,油菜率先抽薹开花,因此她们的个子要比小麦高出一大截。而到了暮春,小麦个子就飞快地赶上来了,还超过了油菜的个头。我这么说是因为我要说我们班排位置的一些情况。低年级排位置是男生在前,女生在后。中年级则是男女混坐。到了高年级,男生的个子猛蹿,他们就坐到教室后面去了。

  而我每次接班总有这么一两个男生,个子总是这么矮。不长,所以只好把他们排在前面。别看这些男生个子矮,可都是调皮大王。比如现在我们班上一个小个子男生,他曾因偷吃人家打了农药的桃子而中了毒呢。他这么调皮,还挑三拣四的,不肯与女生坐。不过我命令他跟女生坐,他只好屈服了,没想到却闹出许多事情来。

  首先他弄出了一个鼻涕虫事件——他把鼻涕虫放到一只

瓶子里带到自己的位置上,还拧开了瓶盖……调皮得要命,可他还说:"我在做试验,我在做试验,我长大以后要做科学家!"我问他做什么试验呢,他又在自己口袋里找到了一包盐,撒在了鼻涕虫上,鼻涕虫蠕动着,一会儿就把盐化成黏液的水了。真有他的,我学到了对付我的宿舍里鼻涕虫的办法——不过我还是狠狠批评了他。

后来他又弄出了咬人事件——他的力气没有同桌的女生大(打不过同桌的女生),居然咬了那女生一口——把那女生的胳膊咬出了一圈浅浅的牙痕。我这次不客气,要求那女生也咬他一口。他很不平,有委屈,但证据很明显的啊。这次之后他找到我,希望我给他调位置,调到教室后面去。我说:"看不见怎么办?"他说:"看不见不怪先生。"他甚至说,看不见的话他垫砖头看。我又严肃地批评了他:"正视现实,正视自己,如果再这样下去,"我顿了一下,"你只能留级了。"留级对于一个学生来说可不是光荣的事情,他果真服帖多了。

谁能想到他会弄一只口琴来呢。他还真会吹口琴,呜呜呜地吹,吹得晃头晃脑的。有一次我走到他面前,他居然吹了一首《世上只有妈妈好》,吹得还不错。这次我表扬了他,还向校长报了一个后进生转化的先进事例。校长果真就在大会上表扬了他。我在我们班指定的场地上找到了他,他很激动,其他学生一点不激动,有点不屑。

事情还是出在这只口琴上。先是他的那个被咬过的同桌过来告了状,说他总是用口琴骂她。我有点不明白,吹口琴怎么会骂人呢。她说不清楚,非说他骂了她。我只好找了他,他说他没有骂她,他在苦练口琴,准备乡文艺汇演呢。

后来这个女生又找了我,我还是不相信。那个女生说:"老师不信你躲在教室外面,我进教室他就吹。他用口琴骂人。"我后来就在教室外面听到了这个小个子男生用口琴怎么骂这个女生了,他是用口琴喊这个女生的名字:肖月桂! 肖——月——桂! 发出的声音像得要命,他还追着那个女生吹!

我终于相信了,我还可以想象出这个小个子男生肯定用口琴吹了班上很多学生的名字,而且他肯定还吹了我的名字。他吹我名字时脸上那份得意劲是完全可以想象得出来的。对于这种事,最好不管,你越管,他就越乐。

很快地,这个男生发育期到了,长高了,长瘦了,他坐在前排不适应了,我把他调到了中间的位置上,我想再不用多长时间,他又要向后排调了,就像他的爱好,早就不是吹口琴,而转向爱好练习拳击了。下了课他就弓着身子,前后移动脚步,与另一个男生模仿着勾拳的姿势,还虎视眈眈地盯着对方。

站着上课的少年

农村里长瓜,只是在田头地角点种上几塘瓜,也不是为了解馋,而是为了腌成瓜条子,然后晒干贮藏,待吃时,再切成一小块一小块与辣酱放入饭锅中同蒸,比老咸菜的味道好多了。为了保存果实,农民们一般不太费力气种香瓜或者黄瓜什么的,那是一摘就吃的瓜。在那些瓜藤之间结出的大多是长条烧瓜和黑菜瓜,那是不会被人偷的瓜,瓜瓤是苦的,瓜皮又硬。

我们班就有叫"黑菜瓜"的孩子,他调皮惹事,还脸皮厚,怎么训斥都不行,还会回嘴,由于言不达意——如果是第一次接触——肯定会被他气得发抖的。他不太掩饰自己。有一次他回了一句话把黑脸总务主任的脸都气白了。黑脸总务主任对我说:"你们班那个什么黑菜瓜,标标准准一个坏瓜。"我后来问了这个学生,这个学生说,凭什么?领操台又不是他们班弄脏的，为什么叫他来扫？原来是让他扫地，但没有理由他不扫。因为这样，他一脸的无辜。

这个学生有一根小鱼叉，比正常的鱼叉小得多，但也足够威风凛凛的了。在星期日，他手持鱼叉，目光炯炯，在河边挥来舞去的样子，像一个决战中的将军，他身后还背着一只鱼篓。他后来看见了我，也不叫我，只是低了头，匆匆地走了，我还是看见他的背篓里有一条黑鱼了。

他身边还是有一些"狗腿子"的，有表现好，也有表现不好，这些"狗腿子"总是与他一路来一路去，我估计与他的鱼叉有关。他的小鱼叉，如果再戴上一只银光闪闪的银项圈，真是少年闰土的形象了。我曾见过我开始几年教的学生，他们与我年龄差得不是太多，从学校出去几年已经长高了，长黑了，脸上的皱纹比我还深。这就是农村生活的另一面。我一想起，就禁不住叹息。生活改变了我，也改变了我的学生，少年闰土为什么就让生活这只獾从胯下蹿过去了呢？

临近期中考试了，我说要大考了，不要再玩了，要注意复习。他们居然提出了一个口号（这口号是我的班长告诉我的），这口号肯定是这个叫黑菜瓜的学生提出来的，叫做"大考大玩，小考小玩"。这口号我以前听过，其实这口号后面还有四个字，也是前提，叫"不考不玩"。可他们偏偏是不考也玩。

他身后的狗腿子少了一些。快要停课期中复习时，我听说了一件事，村里有个孩子被一根鱼叉戳伤了，鱼叉就戳在这个孩子的屁股上。我开始认为肯定是这个叫"黑菜瓜"的少年惹祸了，这下他该有教训了。可我没有料到，是别人的鱼叉戳伤了我的学生"黑菜瓜"。原因是"黑菜瓜"带领一群部下，泅到邻村人家瓜地里去偷瓜，被发现了，他指挥部下撤退，自己断后——其结局是承包瓜地的山东人用鱼叉戳中了他的光屁股。

他在我的课上只能站着听课了，他不能坐下，也不能乱跑，他的屁股上有一个七颗星的伤疤呢，像北斗星一样。

他的那些部下们也听话多了。

那可是我们班纪律最好的一段时间。

笔头上的牙痕

我们学校代伙的孩子中,有一个脚上戴着银镯的男孩。在乡下,脚上戴着银镯表示孩子金贵——用银镯子"拴"起来。事实上也是这样,他代伙的米都是由他奶奶背着送来。他家离学校不远,可他偏偏喜欢吃食堂,他奶奶对我们说的话更有意思:"隔锅饭香。"

他平时不善于说话,有点冷。即使笑也像昙花一现,像个小老头。学生们告诉我,他家有钱,原因是他父母都在外面做生意,他从小在奶奶身边长大。

其实每一届都有这样的学生,日渐空虚的乡村,留守的老人与孩子,老人操心,孩子孤单,父母在外做着发财的梦。一年才能见上一次。这样的孩子性格都有点闷,但零花钱多,学习成绩总上不去。

他也和那些留守孩子一样,零花钱多,每年暑假过后他

小先生

身上还要穿上一两件城市里孩子穿的衣服,显得很醒目——这是他与父母生活在一起的标志。过不了几天,他就会脱掉那些新衣服,显得和大家一样。

有一次,在为因困难而辍学的学生捐款活动中,他出了一个风头,他捐了个全校最高数——五十元。校长为此还在全校大会上表扬过,还发过奖状。大会是在小树林中开的,最后学生们热烈鼓掌,把树上的叶子震得一片一片地往下落。他还会唱歌——唱流行歌曲,原因是他家有卡拉OK。他曾在校合唱比赛时单唱了一首《真心英雄》,唱到最后,很多小学生都跟他一起合唱了。

谁能料到他搞水上运输的父母出事了呢?两人船毁人无(财灭,溺江而死)。他去处理父母丧事的那几天,我还请学生们捐款,学生们都很热情。我和班长把捐款送到他家时,他正在对他奶奶发火,他发的火很大,几乎是对他奶奶吼,白发苍苍的老奶奶一声不吭,泪水直往下落。我想批评他,话到嘴边又忍住了。

后来捐款他也没要,他送到了我的办公桌上,他来上学了,脚上的皮鞋前贴着一张白橡皮膏药——算作"孝鞋"了。他低头走过来时,我的目光就被他鞋前的白橡皮膏药的"白"灼疼了,那真像一团永不能融化的雪。

他又到我们食堂代伙了。他奶奶常在校园外等他放学，可他放学后却不管他奶奶，一个劲地往家里冲，他奶奶就一颠一颠地在后面追。奶奶追得愈凶，他就跑得愈快。

在班上他的性格似乎没变（或许由于他过去性格比较闷，不太看得出来），我还是发现了他的变化，他开始咬手里的铅笔，像咬着一块糖似的。我是在自习课上发现他在咬铅笔，我对他说铅笔上的漆皮有害，不能咬铅笔，他顺从地放下了，可我过一会儿再看，他又咬住了铅笔。我走到他的面前，取起他的文具盒——文具盒里的铅笔头全是他的牙齿咬的凹痕。

笔头上的牙痕

检查书保管三天

我个子小，又瘦，毛重还不足九十斤，所以看上去并不比学生们大多少。不过学生们还是喜欢我的，我也很认真，那种认真劲被老先生们看到了后，他们总是说我死心眼。我想，死心眼就死心眼吧，只要能把学生教好。

有个叫小顺子的学生蛮喜欢听收音机里的评书，因为他记忆力好，口才又不错，故事讲得不错，所以他在班上很有号召力，身边也有很多跟屁虫，他还真把自己当作领导了，居然让一个跟屁虫替他抄作业，真的成了剥削阶级了。这事很快就让我发现了，我找来小顺子，批评了他，还让他写检查。

我一点也没有料到这个小顺子报复心蛮强的。有一天夜里我们这儿停电，煤油灯里的煤油又没有了，看书看不成，我只好上床睡觉，还没有睡着呢，忽然就听见有人在外面捏着嗓子说话，怪声怪气的。

我侧耳仔细听了，原来那个捏着嗓子的人在讲故事，讲什么无头鬼，讲什么死人的头，还说这死人的头就摆在什么地方。开始我还没觉得，后来听着听着背脊上就有些冷了。这还不算呢。外面的人大概觉得我没什么动静，就又用力敲了敲我的窗户，还大喊了一声："鬼来了……"然后就是一阵狂奔的脚步声。我知道肯定是一群调皮鬼了。第二天晚上，又有一种奇怪的声音在困扰我，我没有理他们，什么鬼故事，不过是吓吓人罢了。

谁能想到村里就有了传言，说小先生的门口每天晚上都有一个无头鬼在敲门。无头鬼没有头，手里有一只南瓜，他在用南瓜雕刻自己的头。有人说得更玄，小先生连灯都不敢熄。还有人在佐证，无头鬼喜欢跟碰见他的人要头，还要用南瓜头换头。

我开始一点也没有在意，但后来校长也听说了，不过他没有轻信。后果还是有了，那就是每天早晨其他班教室门都开了，就我们班教室门没有人开，学生们聚在门口。我问管钥匙的女生，女生支支吾吾地说想不起来。后来几天都是如此，问及原因，班长说是鬼的故事。班长也很怕的——我看到了他说鬼时惊恐的眼神。我不怕鬼，我无法说服我的班长这世上是没有鬼的。

我们班上开门依旧很迟,连校长在会上都批评过几次。我有点着急了,而村里关于鬼的故事更多了。其中有多个故事讲到了我,还说鬼喜欢跟我要糖吃。我真是没有经验。有一天我在讲课时瞥见了小顺子的眼神,我看到那眼神里的狡黠和得意。我一下子知道了鬼的故事的答案。

我下了课,什么也不解释,只是说:"小顺子,今晚请你不要回家,待在这教室里过一夜。"

他头一昂:"凭什么?"

我说:"你自己心里有数。"

他就软了下去,伏在桌上不说话。待其他学生走了之后,他还待在教室里不交代。再过了一会儿,我终于听见了他瓮声瓮气的哭泣声。他终于交代了他(们)做的一切。这个家伙,居然用他胡编乱造的故事吓唬住了一个村庄!

我让那个小顺子把检查书放大,贴到教室墙上,自己保管三天,只要检查书不见了,不管什么原因,立即补上去。

小顺子还是挺服气的。那三天,小顺子是全班最低声下气的学生,对每个同学都拍马屁,包括对过去他不屑一顾的女生们。

保管检查书的办法只是暂时的。我想,对于这个小顺子的教育,我还要找到更好的方法。

给你起个绰号

乡里的孩子一般是双名,班里点名簿上是大名一个,村里也有一个大家熟知的绰号。比如王继宏——大山芋,比如刘永兵——二扁头,比如小眼睛的刘永强——三斜瓜,比如皮肤比较黑的刘永业——黑菜瓜,比如王志学——小肥皂。

追溯这些绰号的来历,大体上有三个方面的原因。一个原因是遗传,王继宏的父亲王学宝的绰号就叫大山芋,据说他爷爷也叫大山芋。二扁头刘永兵也是属此类。另一个原因是外形,像三斜瓜刘永强,黑菜瓜刘永业。另外一个就是典故了,比如王志学,他皮肤白,他妈妈总是说"我家用肥皂"——谁家不用肥皂?而王志学就叫"小肥皂"了。

我开始不知道这内幕故事。有一次,我让一个学生找刘永强,学生把刘永强找来,对我说,先生,三斜瓜来了。我当时就笑了。我也叫了声"三斜瓜"。刘永强不恼。而当我在

给你起个绰号

路上跟着别的乡亲叫刘永兵为"二扁头"时,他却没有理我,反而气鼓鼓地走了。可能他挺忌讳的。不过农村这种绰号是很流行的。而绰号一旦长了腿,谁也逃不掉。

有两个学生的绰号我一直没弄明白,一个是小个子王继军,学生们都叫他"队长"。而另一个大个子刘永远被人叫为"教授"。王继军对别人叫他"队长"并不气恼,但他也不答应。刘永远则不同了,别人只要一叫他"教授"他就跟别人打架。他这一举动反而招来了更多的挑衅,有俩学生还鼓动别的班别和年级的学生喊:教授,教授!有次七八个女生一起对着刘永远喊:教授,教授!最后,这个大个子哭了,哭得像女生似的。

校长跟我说了这件事。我就把这个事放到班上去讲。不要乱喊绰号,喊绰号是不尊敬别人,不尊敬别人等于不尊敬自己。我看到很多学生的头都埋下去了,我以为我说得不错,就狗尾续貂地说:"喊教授还不错,谁要是成为教授,谁就成为我们学校的大人物了。"

谁料到我刚说完这一句,班上的学生就像炸了锅一样,有的学生还笑得直揉肚子,嘴里喊道:教授,刘教授。刘永远在课桌上也笑开了。不过,他只笑了一下,脸就沉了下去。

我这才知道学生们取这绰号是指人体排气的事。"放得响,当队长；放得臭，当教授。"这是村里流行的一句话。因为农村粗食吃得比较多，而一些肠胃不好的学生又有点消化不良。学生居然把"教授"这个词用在了这里，我真不知道怎么说了。

"教授事情"之后，刘永远有点害怕见我，见了我就躲，上课也尽量把头低着。他还是有自尊心的。我想过很多办法，他还是很忧郁，真的像深沉的教授了。

后来就发生了刘永远用一块砖头把另一个喊他"教授"的学生头砸开了一个洞的事。我赶到现场时，刘永远手中的砖头还没放下，他像呆了一样站在那儿。他被激怒了。好在被砸的学生家长也不是不讲理的，赔了点医疗费就算了。

我听见刘永远的父亲在骂刘永远："叫你'教授'怎么了？你又不会少一块肉！"刘永远不吱声。反而是那位被砸的学生包着绷布又出现在校园里。有人注目，他就指自己的头，伤病员似的，这是"教授"砸的。用砖头砸的，好像很光荣。

手指橡皮

　　我们这儿把什么有用的都叫做"某某料子",我们也喜欢把班上特别聪慧的孩子叫做"大学的料子"。平时我们总说作为老师要对每一个学生有公平心,话虽然这么说,实际上每个老师心里还是有些许"偏心"的,这"偏心"的背后实际上一种恨铁不成钢的急切。我们在班上偏心的就是被我们称之为"大学的料子"的那些学生。他们偶尔迟一次到,违一次纪或者调一下皮均可以被原谅或从轻处罚。有胆大的学生向校长告状,校长不听,反而说:"要是你们的成绩也像他们那样好,我也会偏心你们。"

　　我们班上的一个"大学的料子"长得很丑,除了学习之外他几乎什么都落后,个人卫生差,做事丢三落四。一本新书发下去,不到一星期就卷了角,半个月后就没了封皮,学期还没结束时课本就面目全非了。看在他经常得满分的分儿上,

我一般还替他另准备一套书。我还私下地贴了不少练习簿和白纸什么的，可是他的新书还是不过三天，就脏得和他人一样，真是没有办法的事。有一次校长来了兴致，想"接见"他，结果有洁癖的校长很不高兴地对我说："他怎么可以在我面前抽鼻涕，还是黄脓鼻涕？"我一本正经地说："天才就是这样，他就是天才。"

他的功课不错，虽然他经常写错别字，他只要去乡里参加比赛就会拿很多奖。有一次，校长想要到乡里争取校舍维修费，他指示我一定要把这个"大学的料子"照顾好，要准备在乡联赛中考个第一名。过去常常是乡里中心学校拿第一名，有了这个"大学的料子"之后我们就可以争取第一名了。有了第一名，我们校长在乡里话就好说多了。

有了校长这个指示，我就开始为他开小灶。他倒也吃得消，什么知识一讲就懂，真不愧是个"大学的料子"。在赛前我们还多练了一些模拟题，他也一一做出来了，而且答题思路很独特。我心里认为他的第一名应该差不多了。我在乡中心学校的同学也认为他能拿第一名。考试时我和他一起做题目，待他出来后对答案，他几乎全对。我告诉校长，校长非常高兴。可结果出来却让人吃惊，他没有得到第一名，弄得校长见到我也不那么热情了，我觉得不可思议，所以我决定去查试卷。试卷好不容易查到后，答案是全对了，可试卷上多了好多窟窿，还涂改了不少地方。这样卷面分扣了10分，这一扣第一名就扣掉了。我知道他犯老毛病了，竟然没有用我给他买的橡皮，而是沿用老习惯，直接用手指沾了唾沫然后使劲地擦。就这样他的手指橡皮破坏了校长的如意算盘。

　　这个"大学的料子"的妈妈（脑子有点不正常）身体不好，父亲是个老实的农民，每次他来学校见他的宝贝儿子时，他脸上一直笑着，他说得最多的话是："不知道这个小东西吃不吃字。"我们不答他，其实他的问是多余的，我到过他家，这个父亲把他儿子历年获的奖状贴满了墙壁，一进门，就觉得满目生辉，就连那台老式电视机的木壳上也贴上了一张。

一条黑狗叫阿三

　　每天上课，我们教室门口总有一只黑狗在晃来晃去地摇尾巴。它还在上课前像值日老师一样，用鼻子闻闻每一个来上学的同学的裤腿。有的学生烦它，踹它一脚，它也不恼，乖乖退到一边去，见到下一个同学，又是一番亲热。面对这只没记性的黑狗，校长说了几次也没用，一是这狗赶不掉，它忠心耿耿地跟着他的主人；二是因为这狗是半哑狗，没有声音；三是这狗能辨认出谁是老师谁是学生，说来也怪，这黑狗从不去闻老师的裤腿。最后校长也没办法，警告我们说："我已强调过了，我再强调一次，会咬人的狗不叫，当心点。"

　　黑狗是班上的一个右耳上扎着金耳环的男生带来的，上学的时候它跟着跑过来，放学时它又跟他走。这个男生还会打唿哨。唿哨长黑狗做一种姿势，唿哨短黑狗做一种姿势。这黑狗的名字叫阿三。其他的男生打唿哨这黑狗从来不听，后来干脆也叫这个男生为阿三。阿三,阿三,阿三,真不知道是唤人还是唤狗。

我有一次看到静伏在地下的黑狗,就试着叫一声:"阿三!"没想到在教室里写作的那个男生满脸通红地站起来,他迟疑着走到我面前,弄得我莫名其妙。后来我知道了这件事。我到办公室说给其他同事听,同事们说,这狗鬼着呢,它很会识人,最会识校长,只要校长一走近,它就会站起来摇尾巴,而看到其他人站都不站,佯睡着,做出做美梦的样子。

后来乡里要来检查,黑狗阿三成了我们学校的一个问题。校长郑重地讲了这个问题。我之后找了这个男生,这个男生答应第二天不带来,可是第二天上午第三节课,这黑狗又跑到我们教室前摇头摆尾了,还把它的黑狗头从教室门缝里探进来,黑眼睛乌溜乌溜的。它是想找它的主人阿三。下课时我看到他的主人第一个冲出教室,对着黑狗猛然一脚,狗慌张地逃走了。

下午第一节课,这黑狗又来了,离教室远远地站着,像一个标点或错别字。我只好把它的主人喊出来,那狗一见主人出来,也快速地跟了上来。我对男生阿三说,你下午就不要来上学了,检查组的人很快就要来了。我说完之后,男生愣了一下,然后蹲下来哭了,那条黑狗也蹲到他的脚下,狗也哭了，一颗又一颗晶亮的泪水滚过黑狗深深的眼窝，然后滚到地下，碎了。我从未见过狗流泪，这狗泪特别能打动人。我不想再说什么了。

后来的检查中检查组几乎没有检查教室，他们也不会在乎一只黑狗的。其实那次我们校长倒像一只黑狗似的，对着检查组摇头摆尾，堆起一脸的苦笑。

有一次讲下雪，我还即兴说了一句打油诗："黑狗身上白，白狗身上肿"，让学生猜。再后来，冬天打狗季节到了，不时有谁家狗失踪的消息。这个黑狗阿三也被人打吃了，吃完了又悄悄还男生阿三家一张狗皮（这是我们这儿的风俗，不能气恼的）。

没了这条黑狗做伴的男生阿三显得特孤单，不愿多说话，也不与其他男生打闹，而且他还特别反感别人叫他阿三，谁叫他阿三他就和谁急，还动手打人，打不过人就张口咬人，真像一只狗似的。我为此还处理过好几次因为叫他阿三而打架的事，他的小眼睛也乌溜溜的，带着金耳环的头高昂着，一脸理直气壮，我真不知道怎么开口说他。

一条黑狗叫阿三

肚子里面的蛇

开始这个玩蛇的孩子并不是我们班的学生，我和他第一次见面是在我们办公室。他站在办公室里的样子显得很无辜，一脸的可怜相，他的老师上课去了，我只随意地问了他几句，他便委屈地哭了，从他流泪的速度来看，我便觉得他是好孩子。后来他作为留级生留到我们班上时，我才发现，我最初的感觉错了，而且错得一塌糊涂。

一学期没下来，这个貌不惊人的学生已经往教室里带过癞蛤蟆、刚出世的幼鼠，各种形状各种颜色的鸟蛋，还带过一排蛇蛋（蛇蛋是像一发子弹并列在一起的）。谁也不知道他是从哪里弄来的，当我不在教室时，他必定给我们班的学生（尤其是女生）带来一阵又一阵不安与尖叫。

我只好采取老办法，让他站办公室，但无济于事，他口头检讨快得不可思议，检查书在我这儿不下三十张，还带过家长（他父亲是个兽医，很文弱的样子，不过听说他脾气不好，打孩子手段辣，用竹枝抽）。后来我发现每次带过家长后他看我的眼神完全是仇视，似乎是我出卖了他，他脸上的伤疤就新添了许多，虽然他很不在乎，但我也不想带家长了。我尝试改用鼓励法，没想到鼓励法比批评法好多了，由于我经常想方设法地表扬他，结果他很是安静了一阵子。事情让校长知道了，他还鼓励我写教改文章，谈谈如何转化后进生。

我的论文还没写好，想不到的事情还是发生了，他居然从外面带来了一条小青蛇，开始他是拢在袖子里的，他见到一个同学就捋一下他的袖子，结果是可想而知的，一阵又一阵尖叫，女生的尖叫尤其响亮。等我在办公室问他做了什么，他还狡辩说他没做什么。其实在之前已经有学生告诉我了，我心里早有准备了，但当他把袖子中的蛇放到我桌上时，我还是吓了一跳，我并不是一个怕蛇的人，我看着那条比指头大不了多少的蛇可怜地蠕动着，已经快不行了。而在这可怜的蛇身边，是比可怜的蛇更可怜的他。我气得真是说不出话来，可在我还没说怎么处罚他时，他已主动惩罚自己了——他掏出纸笔开始自己举起手，把手背往办公桌上敲，每敲一次，还装出很疼痛的样子。我说，谁叫你这样做的？他嘟哝了一句："我不打手你也叫我打的。"

小先生

　　那条蛇最后还是死了，这个玩蛇的孩子安稳了一段时间（我没处罚，我说让他记着等待，我想让他在等待处罚的过程中反省自己）。结果有一天他居然没有来上学（平时他上学是很准时的），我认为他逃学了，其他同学捎信来，说他病了。开始听了我还认为是借口，他父亲的一个借口，可能他父亲对他失望了，不让他上学了，听到这个消息，不知怎么的，我心中竟然有了如释重负的感觉，我的班上也安静了许多，连校长也表扬了我们班。有一次，我还梦见他回校上学了，他从书包里掏出一只蝙蝠，蝙蝠在我们教室里飞来飞去，把整个教室都闹得一团糟。

　　再后来就听学生说他患了阑尾炎。我们学校其他老师还以他为例，杀鸡儆猴，他们教育其他学生："不要顽皮，不能顽皮，你看他玩出阑尾炎来了吧。"想想真可笑，这么吓学生有什么用呢。可是这效果却出奇的好。

　　过了不久，这个学生又背着书包来上学了，显得那么文质彬彬，还有点羞涩，可能在开阑尾时把他的调皮也开掉了吧。仅仅过了一个上午，下午我到教室时，我发现他身边又围了不少学生，我走近一看，围观的学生飞速地散了。我认为他又带什么东西来了，我问他，他不肯说。我叫住了一个"观众"，这个"观众"说："他给我们看他的阑尾刀口，是他主动叫我们来看的。"这个"观众"说:"他还说,他的肚子里长了一条蛇,是医生开刀把蛇拿出来了,有这么长,像讲桌那么长。"

  我回头看了看昂着头偷听的他,他碰到我的目光,迅速地把头低下去了,脸还红了。红了脸的他还是蛮可爱的。

哭　宝

"哭宝"是一个男生的绰号。他长了一双大眼睛，只要眼睛眨上几眨，那泪水就大颗大颗溢到眼眶边。一滴，又一滴，无声地落。他被人欺负时会哭，他自己跌倒时也会哭。考试不理想会哭，被老师批评了几句也会哭。我们校长称他为"林黛玉"。我经常在办公室与其他教师闲聊时被校长叫去，快去看看，快去看看，你们班上的那个"林黛玉"又哭鼻子了！

常常是我走到教室里时"林黛玉"仍在哭，原因很简单，有时是他新剃了头被学生们报新头税（这是农村孩子们常有的庆贺方式，用手摸新剃过的头部），有时是他踢毽子踢输了，有时是因为他被女生和毛毛虫欺负了。每次我问明了原因后都有点哭笑不得，我真的从未见过这么怯弱的男生。要知道，我们的男生大多都很坚强，有的男生的鼻子（撞在教室门上）撞破了，血在流，可是没哭，还咧开嘴笑呢。

不过"林黛玉"成绩很好，尤其是语文，他背书也很快，有时我让学生背完书后再回家，他总是第一个背好了书，按理他可以回家了，可是他总是不忙着（或有些害怕）回家，总是磨磨蹭蹭地坐在教室里等其他学生背好了，他自恃课文熟，还会"插嘴"，他一"插嘴"，别的同学就一起围攻他，最后他又哭开了……这是何苦呢？可他就是这样，眼泪或许是他的法宝。有时候我并不劝他，他哭了一会儿就不哭了，之后若无其事的样子真令人怀疑。

谁能想到就是这样的一个哭宝"林黛玉"，居然创作了一部武侠小说！开始班长告诉我时我还有点不相信。后来班长还悄悄拿过来给我看，武侠小说是写在一本练习簿上的，他的字写得不算差，他是什么时候写的呢？开始我还很平静，后来就有点惊奇了，再后来就有点愤怒了，因为他把我的名字、校长的名字和我们班学生名字全都编进了他的武侠小说中。他自己也在其中，做了武侠小说中武功最强大的王。我们的校长在里面成了一个卖老鼠药的。我呢，我的名字在里面——我成了他的一个烧火的仆人。

我真的不明白，我为什么就成了一个烧火的仆人了？

小说的情节并不出众。本来我还准备拿给校长看，看他卖的什么老鼠药，后来想想就罢了，我让班长把哭宝的武侠小说还了回去,并让班长不要再说了。说来也怪,看完这小说后我再看哭宝,他可能真是个武功强大的王,而他的独门暗器就是他的眼泪。后来我还推荐他参加了一次作文比赛,他居然获得了一个佳作奖,这在我们学校是史无前例的。

拿到证书与奖品,我让班长把哭宝叫过来。我虎着脸说:"让你参赛为什么没有获奖?"他听了之后,眼睛眨着眨着又哭了。我看他哭了一会儿,然后把证书和奖品给他,我以为他会不哭的,谁知道他哭得更厉害了,泪水像是下雨似的,一滴滴,后来是一串串流下来了,最后他竟哽咽起来,一抽一泣,肩膀耸动,像是受了天大的委屈。我真的想笑,这,就是武功最强大的王?

我的秘密枪库

乡下的孩子玩起来，就像一群没上笼的小马驹，没日没夜地在外面玩，实在玩饿了就回家去看一看，有饭吃就好，没饭吃就啃只冷山芋继续出去玩。

乡亲们说：这些童子鸡火大着呢。后来，他们内心的火就化为一把又一把芦柴枪了。"枪战"中的枪一般是由芦柴做成的，反正我们这儿芦柴多得很，选一根最长最粗的，左缠右绕，一把芦柴枪就做好了。有人还用芦柴做成了卡宾枪，只不过枪管粗一点长一点。有时候能做两把，左手一把右手一把，成了双枪王。有一次我去村里有事，那些孩子居然还有了骑兵队，他们中的头儿竟坐在一只黑公猪的身上，手里还握着枪。

他们总是练习着战争与和平的游戏。在课间，我还看到了学生用起了木头枪，不过削得不好看，肯定是用一把菜刀削的，这个我以前做过。一个孩子的父亲是木匠，他的木头枪比那个自削的枪好多了。后来，有个学生用起钢枪，用火药蛋在凹槽里，一开枪就响，还领过一阵潮流的，这让学校门口摆小摊卖火药豆的人发了一笔小财。再后来玩具枪多了起来，仿真的声音呜啦呜啦的。还有导弹的声音，不过很费电池的，一般学生还不敢带到学校里来，他们怕管得严的校长没收。

有一次，一个学生居然用"枪"把一个捆草的老人吓得把草捆丢下了河。遵照校长大人的命令，我们这些班主任总是定期搜查书包，"把问题枪杀在萌芽状态中"，我每次搜包都有收获，好像这些孩子的枪层出不穷，枪的种类多种多样，我还搜到一个学生用泥做了一支仿真手枪，枪下还系了红绸带，像模像样的。

孩子们对待我们的"灭火"开始还不适应，如果是芦柴枪或者泥枪丢了，他们还无所谓，但如果是塑料的仿真手枪被我们没收了，他们会自动地在下课后站在我们办公室门口不敢回家。他们知道我的脾气，我会问他们，一问他们就飞速地把一份皱巴巴的检查书塞给我，然后就哭，眼泪止不住地往下流——我心一软，就会还给他们。

有时候他们还会"坚壁清野"，书包里没有，而藏在了身上。课间拿出来玩，上课时再藏起来。还是校长眼尖，他有一次在我搜查之后再进行第二次搜查，结果还搜出了三把仿真手枪。校长手一勾，那仿真手枪上的灯就有红的绿的光闪烁，还哇啦哇啦地叫，孩子们一个也不敢笑。校长让那些手枪的主人上来，命令他们往地上摔，有两只手枪立即摔哑了，摔碎了，有一支手枪仍然在叫，校长的大脚踏上去，那支枪立即哑了口。

  我把每次收缴的武器放到了一个专门的抽屉里，平时用锁锁着。有一次，我正好有闲工夫，打开了抽屉，发现里面竟像一个秘密枪库。什么枪都有。我想起我儿时对手枪的种种渴望，我握住了其中的一把枪，瞄准窗外树枝上的一只麻雀。

  结果呢，真是无巧不成书，从窗外居然露出了我们班一个丢枪学生的脸，他居然还冲我笑了笑，露出了口中掉了门牙的上牙床。

  我有些忧虑，不知道明天孩子们会怎么说我玩枪的事？

竖起双耳倾听

　　我们校长对青年教师总喜欢说:"不能体罚,不能体罚,千万!"他总认为我们这些青年教师火气大,会动手。他不知道,真正喜欢体罚学生的是老先生们,没有一个好教师喜欢体罚学生,只不过我还是很佩服几个老先生,他们体罚的方式巧妙,他们还有绝招,体罚完学生,学生还会觉得自己没受体罚,这就是他们的经验与秘诀。所有,无论多调皮的学生,只要听见他们的咳嗽声,便会立即安静下来。

　　这真是很奇妙的教育法。有时候我羡慕这样的威严,有时候我又不想,我喜欢我的学生见到我笑,而不是见到我不敢笑(老先生体罚学生主要是让学生自己往办公桌上甩手掌——这比起那些暴躁的家长来说,真是小巫见大巫了)。农村生活枯燥、单调,加上农忙季节到的时候没天没夜,调皮惹祸的孩子,不会做家务的孩子就会遭了殃。有的农民忙急了，即使不调皮也很会做家务的孩子也会遭到殴打——还叫做"煞火"！煞了大人的火气，我的学生们就会留下大大小小的纪念。有的农民下手很重，我亲眼看到一个学生肿了半个脸来上学。还有一次夏收刚过，有个女生瘸了，一问，是家长用脚踢的。不过这些被家长修理过的孩子好像没有记性似的，照样在学校里追逐，打闹……我看着有点心疼，这乡村暴力的种子，就这么轻而易举地种下去了，但愿它不要发芽，不要开花结果。

我们班有一个小个子男生，不过他反应总是有些慢，好像总不搭理人，穿着也不好。这一点可以看出他的家境。那么差的家境也没有阻止他养得胖乎乎的，这也算是乡下生活的奇迹了。他成绩不好，也不差，中等的样子，是班上那种让人放心的学生。如果班上出了一件闯祸坏事，最不被怀疑的就是他。或者说，班上的女生都比他还调皮。而就是这样一个学生，被学生们取名为"聋子"。这是一个侮辱性的绰号。学生们叫他，他不应，也不气恼，还是那么木木地看着黑板，然后做作业，连上厕所都很少去。

我去他家做家访的时候，他母亲在家，父亲不在家，然后他母亲就说出了他耳朵不好的真相，是被他父亲一巴掌打坏的。打坏了之后还去看过，可没有看好，也就这样了。他坐在一边，知道我们在说他，眼睛眨巴眨巴地看着我，我的心很酸，很酸……心一下子痛了起来。在家里，父亲打他。在学校，那些还不知道好歹的学生欺负他。我开始找他的长处，我发现他早读课表现很好。我就走到他的桌边，先拍他的肩，然后指着书上一段，让他读书。他明白了，开始读，开始读得很慢，有点结结巴巴，再后来就读顺了，再后来我想不到，他越读越快，都没有句读了，像是在唱诗，学生们居然没有笑——我也没有，因为这个学生声音洪亮，读得很投入，我都看到他的扁鼻子上的汗珠了。

从这件事以后，他活跃多了。我把他定为领读小组长。他原先蔫下去的性子好像不见了，下了课也不蹲在教室里了，而在外面与其他学生追逐了，不过他耳朵依旧不好，他在领读中经常读错了音——也就是生字的读音。没有办法，我只好免了他的职，让他管卫生。他的卫生管得不是太好，看得出，领读组长之事对他打击很大。他也不太爱抬头看黑板，只是竖着耳朵在听，像一只惊慌未定的兔子，只要听见了任何风吹草动，就立即会蹿出教室去。

后来，他果真蹿出去了——他父亲让他去学金匠——是花了大价钱拜了师傅的。他父亲想赎罪；而我，总觉得他还在我们班上。每次早读课，我在教室外竖起耳朵听，我总听见他在里面大声地声嘶力竭地读书，这是过去他每天最为兴奋的时刻。

卷了角的作业本睡了

每次改完了学生的作业本,我都记得把学生们作业本上卷了的角一一抹平,还用几本书压上。有时候改完了作业本,天已经很晚了,我就拍拍它们,然后就把它们丢在办公桌上了。回到家里,不知怎么的,还想着那些作业本。在梦里我又开始改作业本了,不过一本也不卷角,崭新的,像一个队伍正在等待我检阅。

早晨起来,心情很好,可待我走进办公室时,我又看见了昨天刚抹平的作业本卷角又微微卷起来了,像一个闹钟没闹醒,而又换了一个姿势睡眠的孩子。我又会忍不住翻了翻,其实早就改完了,我还以为我一本还没改呢。我放下作业本子,这群长了一对招风耳的孩子……不要以为他们在你面前俯首贴耳的(还是大大的招风耳),作业本上的陷阱多,多得你自己也跟着他们一起出错。

比如说标点符号，一"逗"到底的学生很多，而每句话都用一个句号的也不少。如果真按标点符号的读法，前一种学生的作业读下来就会憋死，而后一种则会变成结巴。而错别字，更是层出不穷，屡教不改。错得千姿百态，别得十万八千里。此次错，下次还错，固执得一模一样。有的学生还造出了我不认识的字，后来叫他来读，他也不认识。我叫他仔细认认，他终于想起来了，原来是两个字合成一个字了，比武则天造字还有本事。

如果说标点符号和错别字是老生常谈，那么抄作业现象就更令人头疼了。几乎每一个班都有想偷懒的学生。有的学生抄品好些，有的学生抄品就差多了，居然连人家的错误也抄上去。有个小个子男生，很聪明，上课刚讲的课文，下了课他就能够背上，可他就是不愿意做作业。他的位置坐在女生的前面，他总是抄女生的。有一次，我让他把他抄的作业读一下，他怎么说也不肯读，最后我让班长读了。在作文中，他居然最渴望红头巾，最后终于扎上了一个红头巾。从此，这个小个子男生的绰号就叫"假丫头"。有的学生遇见他就做扎头巾状。不过，这之后这个小个子男生成绩却变好了，成了我们班的尖子，这是我没有想到的。

作业本的故事太多了。字如其人，本如其人。有的学生的字像风一样一侧倒，有的学生则把笔画伸到了格子外面了。有的学生的作业本封面干干净净，有的学生作业本上则像是拖了鼻涕或挂了一两粒没有揩净的饭粒。

  有时候，我坐在办公室里，就喜欢翻阅着我刚批改完的作业本，我把那些卷了角的作业本抚平了一遍。每个作业本的主人都在我的头脑里过了一遍，我甚至可以想出他们此时在课堂上的样子——

  卷了角的作业本睡了……

第三辑

奇鸟降临泥操场

The **Little Teacher**

鸟粪处处

那时候的乡村学校没有围墙，充当围墙的都是些苦楝、刺槐或梧桐什么的土树，所以乡亲们的鸡鸭鹅总是能够毫不客气地要求进校"学习"。前几天是一只红翎雄鸡跳到三年级的窗台上引吭高歌，昨天是一头浑身是泥的猪闯进了办公室的大门"嗯嗯"地发表意见，今天又有两只白鹅在五年级的教室门口一唱一和。

这些不速之客的骚扰使校长下决心要砌围墙。校长没想到砌了围墙还要安装一个铁大门（当初就没有铁校门的预算和经费），所以围墙是砌好了，但我们的学校却像一个刚换牙的少年在傻笑，那些有经验的客人们依旧会不时闯进学校来，并且会像乡干部一样"莅临指导"。

水乡的孩子撑船弄篙可是好手，但对于自行车却是外行。所以星期天的校园里经常有一两个学骑自行车的少年。我看

小先生

　　见过一位学骑自行车的少年,他好像已经在操场上骑了很多圈了,他使劲地揿着车铃,叮叮叮,叮叮叮……把操场上觅食的一群鸡都吓得飞了起来,鸡飞起来时像一只笨重的大鸟。后来这个骑自行车的少年越骑越快,他尝试着用一只手扶车把,后来又尝试不用手扶车把,多玄啊! 他还得意地笑着,昂着头环视,估计他在寻找操场上有没有观众。不久他就重重地摔了一跤。我估计他摔伤了,然而他还是站了起来,扶起自行车,扶正车龙头,又用力揿了揿车铃,铃声依旧很清脆。

　　上课的铜钟就悬挂在一棵榆树的歪脖子上,学生们上体育课的爬竿也靠在树干上。上课了,钟声响起来,那些躲在树丛中的鸟儿就飞起来。不知为什么,很多孩子都喜欢偷偷去打钟,经常可以看到星期天或放了学的傍晚,一个少年正努力地踮起脚尖,一下,当;又一下,当当当。钟声悠扬,一下子穿透了乡村学校的寂静。有一次,我看到一个偷偷打钟的少年,他敲了一会儿,不知道为什么,后来他就敲得急促起来,当当当,当当当当——之后,他就松开钟绳,飞快地溜走了,还差一点摔了个跟头,像一只从夏日草丛中蹿出来的兔子,估计他害怕了。我还看到过一个农民偷偷蹩进我们学校,拿起钟绳轻轻地拽了一下,当——钟声令这个农民禁不住哆嗦了一下。

后来我们学校就装上了大门，学校里的鸡鸭鹅们少多了，操场上的草就开始疯长了。只有那些鸟儿，它们当仁不让地成了乡村小学的旁听生和借读生。清晨也来上早读课，不过它们的纪律不太好。每天晚上学生们都放学了，它们理所当然就成了住校生。叽叽叽地上晚自习，久久也不能安静下来。有时候它们也会闯进教室里来，从南边的窗户进来，又从北面的窗户飞出去。

　　每天清晨，勤奋的值日生会扫到很多从树上摔下去的叶子，扫完之后，一条光滑而干净的土路就露了出来。许多鸟粪的痕迹也露了出来，淡白、淡灰、淡青色的鸟粪的痕迹就画在地上了，就像孩子们用粉笔头在地上画的粉笔画。不过，这些不讲卫生不守纪律的鸟儿也是很聪明的，待下课的钟声一响，它们会从树枝上识趣地飞到教室的屋顶上，看着我的学生们像鸟一样在树影中蹿或者飞。

跑吧，金兔子！

乡村学校体育器材少，开始学校仅有一台水泥砌的简易乒乓球桌，水泥桌面已裂了许多缝隙，但那可是孩子们的乐园。一般说来，高年级的孩子一下课会占据这张唯一的乒乓球桌，而且还会用没有胶皮的光板子球拍打球。低年级的学生就没有这个机会了。有一次我看见两个低年级的学生各持了半截砖头在领操台边打乒乓球，砖砌的领操台上画了一道白线，橘黄色的乒乓球在两截半砖之间得意地飞来飞去，像一只黄雀在飞。半截砖头握在小手里还是很沉的，乒乓球总是不时地滚到草丛中去。那满头是汗的孩子弯腰捡乒乓球的样子，真像在草丛中努力寻找着鸟蛋似的。

没有乒乓球可打的孩子就到校东边的河边打擦片。一块又一块擦片在水面上弹跳着飞行，弹起一只又一只九连环似的水圈。到了冬天，河面冰封了，这时候打擦片就更有意思了，擦片会在冰面上飞行，像一辆子弹车在冰面上高速地开。有的"子弹车"直接能飞到河对岸的堤下。当上课铃响的时候，冰面上布满了土坷垃擦片，看上去，就像一盘未下完的棋。

后来校长带着我们用业余时间整理出有篮球架的半个泥篮球场。泥篮球场好是好，就是有很多弊端，尤其是不能下雨，如果下了雨就麻烦了，想要打篮球，必须等太阳出来将球场晒干。冬天雨少，打球时灰尘会一阵一阵地腾起，一场球打下来，我和我的学生都成了泥灰做的人。

打球最好的季节是在春雨过后，油菜花盛开的时候。天气晴朗，油菜花的光芒将我们都映射得容光焕发。打球的我们像一只只大蜜蜂，学生们则像一只只小蜜蜂，油菜花的光芒和芳香都躲到了我们额头上的汗珠里。

有时候，胶皮篮球会故意飞出去，飞到球场边的油菜花丛中。学生们抢着到油菜花丛中去捡，谁捡回来谁就会成为一个金子做的人——油菜花会很慷慨地把进入油菜地的人变成一个金人。

有一次，那只胶皮篮球刚落到油菜花丛中，就有两只野兔子被惊吓到跑出来，这可不是一般的野兔子，而是两只金兔子！学生们都没有追赶，而是看着金兔子又折回蹿进了油菜花丛中，大家都在心中默默地喊：跑吧，金兔子！

野 蜂 巢

　　乡下孩子的童年单调而寂寞，但自由自在，像没有嚼口的小马驹撒腿奔跑在雪地上，每一个季节都会在他们身上留下纪念。可以这么说，只要仔细打量我们班的孩子，孩子们的脸颊上，额头上，手背上，手臂上，肚皮上甚至屁股上都留有纪念的伤疤，伤口的奖章。有的孩子的伤疤就在眼角上，只差一点点，眼睛就要被弄瞎了。不过他们不在乎，好像什么都不记得了，照样追逐，照样顽皮。你看那个总低着头抿着嘴巴的孩子，你千万不要以为他害羞，他曾因和人比赛，从土堆上向下冲而摔断了胳膊，刚刚拆除了绷带，又因追逐跌断了半根门牙，所以他至今不敢大笑。一笑，就可以看到他的"半扇大门被人卸走了"。我们班里还有一个总不肯剃头的孩子，每次剃头他都要被他父亲狠狠修理一番，并不是因为他不讲卫生，他是想用头发遮住耳角的一道伤疤，这伤疤来历不明。

校长一直叮嘱我们要加强安全纪律教育，给小马驹套上嚼口。校长大会小会都在敲边鼓，夏天不许下河游泳，冬天不许在河上溜冰。虽然我一一做了传达，还咬牙切齿地拍着讲桌发火，"自己要对家长对教师负责任"。层出不穷的调皮事情仍令我发火，令我们校长发火。如果他们不损坏公物，他们就损坏自己。这样的事故一旦发生，尽管家长都不怪我们老师，总是怪自己教育得不够，可我们作为老师，心里并不好受。家长们把孩子交给我们，我们应该让家长一万个放心，所以，安全教育方面很是小心又小心。谁能想到后来会出一个野蜂巢的事件呢？

在学校的西南角有一个杂树林，长着刺槐、苦楝、榆树什么的。前年曾有一只野蜂巢挂在树上，后来被戴着一顶旧草帽的校长摘走了。去年校长又摘走了一只大蜂巢。今年由于忙着通过县里的"一无二有"验收。"一无二有"说了多少年，弄到最后说不清什么有什么没有，反正上面这么说，校长也这么说，我们也忙着和他一起搞材料。为了通过验收（验收是一票否决），校长还专门出去学了一些经验。经验说"一无二有"关键看材料，就把野蜂忘掉了，野蜂巢也忘掉了，待事情发生时，野蜂巢已长得像一口碗那么大了。

小先生

　　偷摘那只野蜂巢的是一个大个子男生，脾气有点嘎，是十足的"劳动委员"的料子。不过他的劳动委员职务已被我免过好几次了（因为他做了许多奇怪的嘎事），他后来又是央求我又是拿表现（最好的表现是替我们给食堂的水缸里挑水），很快他又复职。摘野蜂巢是他本来想逞英雄，还对围观的同学夸下海口说，这野蜂巢值钱，拿到乡里能卖十块钱呢，等卖了这野蜂巢他请大家吃棒冰。结果棒冰没吃成，来不及跑的他被自卫的野蜂们追上了，脸蜇肿了，成了一只皮球。

　　待我知道后，孩子们已经逃到安全的地方，有人去叫村里的医生，有人去叫来校长。我到了他面前，眼睛已经什么也看不见的他依旧嘎里嘎气地说，他一点也不疼。更令我又心疼又气恼的是，他手里还没有放下那只碗口大的野蜂巢。校长也看到了这个面目全非的学生，校长一边咬着牙叹息——好像挨蜇的是他，一边夺下野蜂巢，然后划擦一根火柴，野蜂巢一下子成了一个火球，一会儿就成了一撮灰了。校长又要来一碗醋，让我把这野蜂巢的灰与醋和好了，替那个嘎小子涂上。这是治疗野蜂蜇伤的民间秘方。

　　我在这个学生肿胀的脸上涂抹时，发现他的脸上除了几条大伤疤还有许多细小的伤疤，这些小伤疤平时看不清楚，现在脸肿起来了，反清晰了。不用说，这些小伤疤和那些大伤疤一样，都是他一次次冒险与顽皮的见证。

彩 虹

我管理班级的方式有点不像其他的老师，这可能跟我从小上学所受的规矩太多了有关，所以我推行民主管理。我们班的班长不是任命，而是学生自己选的，平时的班级管理主要靠班委。开始我自我感觉还不错，老教师们却提醒我说："不要自食其果。"我一点儿也听不进去，尽管脸上笑着，但心里一直想着我要教出与众不同的学生来。

然而我错了——实际上我也不知道自己是对了还是错了，那些猴子一样的学生或许不能给他们民主管理的笑脸。"给个脸就爬上天"，这是老教师说的，这句话不幸言中了。开始班上的一些小事情我真的没有将其"扼杀在萌芽状态中"，结果"越纵容越茁壮成长"，终于发生了我的一群学生星期天闯进乡卫生院拿手术刀（说是要解剖癞蛤蟆）的事。他们是集体去的，当然也就集体被抓住了。"你的学生丢了你的脸，你们班丢了我的脸,丢了学校的脸。"——校长把这些学生领回来时,就和我说了上述的话。校长还说要"整顿",要"严打",要"重振雄风"。我回到办公室,老教师们都幸灾乐祸地看着我,其中有个老教师说:"还民主呢,你不要把他们当人,他们这些小马驹要训要管要上笼头,哪能信马由缰呢。"还有个老教师说:"听说他们都不叫你老师,而叫你老兄?"

我只好回到教室去。平时没有老师,教室里肯定是有叽叽喳喳的声音的,而那天不。或许他们都知道了自己的错误,或许他们在"伪装","伪装"起来哄我。我用粉笔在黑板上龙飞凤舞地写下了三个字:"反省会"。我还特地在"省"字下面加了一个"xǐng"。我写完之后说要让大家反省这一段时间的错误,有则改之,无则加勉;要写深刻,全写,男生要写,女生也要写。

不一会儿,班干部们的反省书交上来了,女生们的也交上来了,都比较深刻,相反那些去卫生院的男生写得非常简单,(好像)说拿手术刀不是为了别的,而是为了学达尔文,搞科学实验(有的学生还说偷手术刀是为了科学实验),真是振振有词。我一页一页地翻着,觉得他们有点和我故意作对的味道。下课的时候,我宣布了一条决定:女生先回家去,男生留下来继续反省,一个一个过堂,一个一个上台表演。上台讲的人不知是由于怯场，还是不服从我的决定，讲得有点失常、夸张，反而引起一阵阵笑声，好像在跟我做游戏了。我决定推迟放学，我说，我要家长一个一个来带——这是老教师教给我的一个秘诀，我一直鄙弃的，如今却用上去了。

说到家长，刚才还兴高采烈的学生一下子泄下气去了，他们泄下气的样子很是可怜。我觉得我还没有达到目的，我决定要坚持到底，开始还有外班的学生趴在窗口边看，看了一会儿他们就回家了。本来我也想让这些可怜样的学生放学，但我不能自下台阶。还是班长站起来求情说："先生，现在农忙，让他们回家烧晚饭吧。"

我觉得不能把他们留下来了，就敲了敲讲桌，对他们说："今天暂且就到这儿吧，不过账还没有算完，先'挂'在我这儿。"（这也是老教师教给我的话）我的话音刚落，我的学生们就立即涌出教室。刚才还可怜样的学生们一下子活跃起来，真是不能相信他们。

突然有个学生指着天空说："先生，先生，看那彩虹！"我抬起头，真的有一道彩虹挂在东边的天空上。我已有很长时间没看到彩虹了，彩虹真的很美，我有些眩晕。学生们跳跃着："彩虹！彩虹！"仿佛这彩虹就是他们的童音喊出来的。

风车上的孩子

离学校很远的地方有一道长长的灌溉渠,灌溉渠边有一架硕果仅存的风车(是节俭的乡亲怕耗用更多的灌溉柴油而留下的,用机器灌溉会耗费柴油)。看风车的是一个脾气很怪的老头。他长得很矮小,但很精干,学生们暗地里都叫他"洋辣子"(一种寄生在树上的叫曲纹绿刺蛾的有毒的昆虫),意思是说这个人脾气臭,不能惹。可学生们喜欢风车,有事无事总喜欢眼巴巴地看着风车吱呀吱呀地转。尽管看得紧,有个调皮的学生就在某天夜里偷偷地玩了风车。玩过风车之后,他就忍不住把这种兴奋传递给了其他同学。

风车带着布满补丁的布篷吱呀吱呀地转。一群又一群清亮的水就被水槽里的木板请了上来。风大的时候,风车就飞快地转,转得连布篷上的补丁也看不见了,只看见一道白光在学生们面前飞舞。学生们很聪明,这时谁也不会去碰这发

小先生

了羊角风的风车的。那个"洋辣子"还在监视着他们呢。真正能玩风车的时候是待风小下来，风车的急行车变成了散步。往往在这时候，看风车的老人就要到田头看一看秧田里的水位……事情就是这时候发生的。

那时已经放中午学好久了，我们在食堂又一次品尝了炒粉丝的味道，刚刚坐下来吹牛，突然就听见了远处的尖叫声。尖叫声很凄厉，好像村里那个最不会打儿子的农民，又在用竹条惩罚那个还没打到就咋呼起的儿子了。一个佯打，一个佯叫，像一场闹剧。可这次不太一样，校长率先冲了出去，我们也随后冲了出去，出了学校，才听见尖叫声不是出自学校，而是出自田野上。村里也有不少农民从家里丢了饭碗，跑了出来。校长这时已经带着我们冲到那风车面前了。风很大，看不清风车上有几个学生，只能听到风车上的尖叫声。

那个叫"洋辣子"的老人不停地说："这些皮王，一眨眼工夫！这些皮王！一眨眼工夫！……"我们知道他的意思，但现在怎么办？学生们在尖叫。

有人说用镰刀割破布篷，风车就会停下来。可割伤了学生怎么办？有人说用钩子钩住风车，但没有这么大的劲，说不定最后还会连人带钩一起飞出去。一些家长急得哭了起来，一些家长则在骂："好好，你们叫吧，叫吧。"这么一骂，学生们不叫了，但沉默更令人揪心。我看到校长头上的汗都出来了。他摇着那个叫"洋辣子"的老头，说："你说说怎么办？你说说怎么办？"那个看风车的老人说："只有一个办法了，扔草捆！"

这倒是一个办法。农民开始到自家草垛上抽草捆，接着，一捆又一捆草扔到了风车下。开始，草捆上的草被风车带了起来，我们面前到处都是飞翔的稻草……后来风车的速度慢下来了，最后风车终于跑不动了。我看清了，风车上一共有六个学生，全是男生，六个角，正好六个男生。校长命令他们松手，可他们已经松不了手了，铅丝把他们的手勒得通红。其中有一个家长啪地打了他儿子一个耳光。这个男生没有哭，只是呆呆地看着我们，好久才哭开来。这个男生上学期刚因爬人家脱粒机，而被划破了胯下的宝贝，还送到乡里的卫生院缝了十三针。

晚上，村里响起了不少鞭炮声，很多农民是在为自己的孩子"压惊"（农村安慰受了惊吓的孩子的习俗）。我在宿舍里听着此起彼伏的鞭炮声，声音忽大忽小的，看样子，外面的风还是很大的，那只破了蓬的风车肯定又转起来了，一群水又一群水就这么被带了上来。

小先生

　　后来只有一个学生在作文中写到了这件事,他没有说多少,只是说风车真好玩,就像城里公园的过山车。看样子,他去过城里公园,还坐过过山车。

丝瓜做操

除了九点二十五分至九点三十分这段时间,我们学校大部分时间是安安静静的,即使有鸟鸣,有琅琅的读书声——其实有了这些声音,反而令学校的寂静有一种说不出的幽深。有时候我在林荫道上行走,被远处一团又一团涌来的油菜花香和槐树花香拥抱——会忍不住叹息一声,随后,我的这一声叹息就快速在林荫道上跑开来,想拦都拦不住,我捂住了口,仅仅捂住了满口的花香。

我的叹息是吵不醒乡村学校的寂静的,学生们的童音也是划不破这寂静的,只有放学时那阵喧闹,它能把乡村学校的寂静掀起一阵微小的波澜,随后还是它,"寂静"这个词语在解释……直到架在苦楝树脖子上的铁喇叭能够吵醒它,此时上午九点二十五分。

守在家里的村民们首先听见了,然后就停止了交谈,停

止了训斥调皮的牲畜，不约而同地去米坛里用半升子（半升子：量具。半升为一斤）量米，然后到河边淘米烧饭，刚才还面无表情的河水一下子有了水纹，这些水纹们也在像学生们那样排队伍，一二三四，二二三四，三二三四，四二三四。

有些没事的老头老太会蹲在学校门口看学生们做操，他们见到那么多学生在操场上，"一群黑鱼乌儿"，意思是说学生们像一群小黑鱼，如果这种说法成立的话，我们的校长就是一条大黑鱼了——不过这是一条白头发的黑鱼，还有那位体育老师，也是一条黑鱼了。

铁喇叭沉默的时候，乡亲们会经常误了饭。他们有时还会来怪学校——为什么不放喇叭？好像他们吃了烧焦了的急火饭都怪我们学校。我们校长说："睡不着怪床歪。"

铁喇叭不响实际上有四个原因。第一是下雨或刚下过雨。由于是泥操场，一下雨地就泥泞了，好几天都不会干，所以那几天炊烟们也会变得三三二二的，有点无组织无纪律。好几天校长都发狠铺水泥操场，可天好了他又忘了。一下雨他又这么说，谁也不会当真的，经费太有限了。第二个原因是铁喇叭经常罢工，线圈经常烧坏了，一旦烧坏了黑脸总务主任就要什么事也不做，自己动手修，他（自己）还会绕线圈呢。三是因为广播操的唱片老化了，或者电唱机的唱针坏了。最后一个原因是停电。

除了第一个原因外,我们的学生都是要做操的,体育老师的脖子上有一只铁皮哨。他站在台上发号施令,"像个模样。"这是校长说体育老师的。学生们叫他体育先生。体育先生把铁皮哨含在嘴中。曜,一声,曜,又一声,坚决而不含糊。后来有的学生学体育先生的样子,买来许多塑料哨子,一吹,里面的球动,但声音不如体育先生的铁皮哨。问体育先生什么原因,体育先生说:"问校长。"校长说:"这是只钢皮哨呢。"

黑脸总务主任为了改善食堂的伙食,就在校园的墙角种了几塘丝瓜和扁豆。丝瓜比扁豆爬的速度更快,一会儿就爬到了树丛中的广播线上了。

铁喇叭响的时候,小丝瓜们一个一个地排在广播线上晃来晃去,也像在做操前的"原地踏着踏"(即原地踏步)。一二三四,二二三四,三二三四……做得东倒西歪的。

到了九点三十分,铁喇叭不叫了,而那些丝瓜们仍在调皮地"原地踏着踏"。

猜蚕豆

乡亲们大都是很讲"顺遂"的，对于未来的企盼有很多仪式，有很多忌口。一句话，要大吉大利，这从我们班上学生的学名可以看得出。"富""财""贵""喜"。有个学生还直接取名"官"。

乡亲们对于未来的祝福还体现在四时八节上。八节还好懂，是重要的八个节——立春，清明，立夏，七月半，立秋，八月半，冬至，春节。我一直没有弄懂四时是怎么算的，而且每年都不同。真不知道是怎么算出来的。乡亲们把办事顺利的人叫做"走时"，可见"时"的重要性。"四时"到了，为了"走时"，乡亲们用了一个办法——冬春吃蚕豆，夏秋吃瓜——名曰"咬时"。

我们学校也是规定不吃零食的，瓜不太好带到学校里，但炒蚕豆能。硬邦邦的炒蚕豆被那些碎米牙咬得嘎嘣嘎嘣响。

我虽不知道"四时"的算法,但只要听到奔跑追逐的学生身上发出的类似小石子的哗啦哗啦的撞击声,我就知道乡亲们又要"咬时"了。一到课间,我就听到他们在咬炒蚕豆,校园都像是有一群小老鼠在磨牙。

游戏就是从这些炒蚕豆开始的。学生们嚼不完的蚕豆就用于猜数赌博。每人出几粒(规定十以内),秘密地握在手中,然后一个一个地猜总和数。三个人就加上三个人的。有时是四个人,有时则是五个人。猜中了并不会输掉蚕豆,而是体罚。体罚形式一般是两种,一种就是喊厚脸。赢家喊"厚脸",输家必须答应"哎"。不但要答得干脆,而且还要答应得响亮。

"厚脸、哎——"

"厚脸、哎——"

两个人的声音是连在一起的,被喊的人脸好像没有喊厚,而是越喊越薄了,脸变得红通通的。其他的同学有时为了占便宜,还和赢家一起喊"厚脸"。输家就觉得亏了,非得讨回,于是一场追逐开始了,笑声都像在炒蚕豆了。有时如赢家不高兴一个一个地喊,还会换一种连喊法,输家也得连答。

"厚脸厚脸厚脸厚脸厚脸。"

"哎——哎——哎——哎——哎。"

一五得五,二五一十,也够快的,后来我发现教室里喊厚

小 先 生

脸的声音不见了，代之以刮鼻子，谁猜输就被刮鼻子了。这刮鼻子开始还没有惹出麻烦，谁输了会心甘情愿地闭着眼睛把鼻子送到对方的手前。谁叫自己是输家呢。有一次我还发现一个男生把自己的鼻子送到了一个女生的手下刮，不知这个女生有没有输过。

一起打架事情成了这场猜豆子游戏的终点。原因很简单，两个学生因为猜豆子数刮鼻子而打架。那时我正在另一个班上课，我回到办公室时，那两个学生已经把口袋里的用于猜数的蚕豆全掏出来了，现在这蚕豆已不是原先的蚕豆了，已被那些小手磨得油光亮鉴。起因是一方先赢了，而他刮鼻子时是比较"仁慈"的，刮时劲儿小小的，简直就是摸了一下。而输家不是礼尚往来，轮到他赢时他就狠狠地刮。我再问那个肇事者，他也有理由，他说他被刮了不下十个鼻子，而对方就被刮了五下。那个"吃亏者"说："五下，这五下顶五十下！"

有个老教师听到了，拎过"吃亏者"，仔细观察了一下，又观察了一下，然后（慢腾腾地）不动声色地说："鼻子真有点肿呢。"

这位老先生还把这个结论很认真地告诉了另一个老先生，另一位老先生真煞有其事了，还架起老花眼镜看了看，然后很可惜地说:"真的是被刮肿了,像美国人的高鼻子了!"

那个"吃亏者"用手摸了摸自己的鼻子,一脸的紧张,后来又摸了摸,脸色已变了,最后低下头,哭了。

其实,他哪里是鼻子肿了,他上了老教师的当了,他们是在拿他开玩笑呢。

泡桐树上的刀螂

　　从防洪堤上回望我们学校,那两棵泡桐树是我们学校里最高大的植物。它们是明显高于其他树的,有点像我们班坐在后面两排的两个男生,他们个子蹿得特别快,与那些小个子的学生站在一起说话,总是要俯下身去。有一次乡里的教师看见了说:"哦哦哦,两个上体校的料子。"

　　我一直记着这个事,还用这个事教育那两个高个子学生,那两个高个子学生也盼望着。个子长得更高了,可乡里的教师可能忘了这件事,弄得我都不好意思仰视这两个高个学生了。我晓得教师的诺言在孩子们的心中的重量。

　　泡桐树是大大咧咧的,只一夜工夫,紫色的桐花就开得满枝都是,树上像是多了很多铃铛似的。叮叮叮,叮叮叮。摇来摇去,铃儿太多了,也太响了,枝头都弯了下去。随后也一夜工夫,紫色的桐花就啪啪啪地落了一地。"五分钟热度"——这一点就像我们班的那些管不住自己的学生,板凳上好像有钉子似的。考不好就发誓,保证书写得很快,而随后保证书忘得也快。

秋天的时候,泡桐的落叶是惊心动魄的,一只手掌样的阔叶子落到地上,咚的一声,好像一个人从树上跳下来似的。有一次校长情绪来了,艰难得抒情了一下,他捡起一只落在他肩头上的落叶(我估计他被吓了一下),他说:"一叶知秋,一叶知秋啊!"学生们看在眼里,记在心里,有一段时间学生们也喜欢迈着我们校长的步子,口中也这么念道:"一叶知秋,一叶知秋啊!"

有一年,刚刚开学,上自习课。我正在讲桌前看书,外面下了大雨,还刮了狂风。忽然我感到了一阵震动,我以为地震了,学生们都嚷了起来。我冲出来一看,原来是一棵泡桐被大风刮倒了,巨大的泡桐树就这么横躺于地。校长脸色煞白,而学生们则一脸的兴奋,教室里的光线明亮了许多。

课后,学生们在倒下的梧桐树枝间捉到了很多翅膀没长周全的刀螂。这刀螂以前是很难捉到的,那两个大个子男生捉得最多。有一个男生还送了我一只,他让我放到蚊帐里,说:"它会在蚊帐里捉蚊子呢。"

这个还是孩子样的男生,他有没有忘记上次有关上体校

小先生

的事?

　　我很想向他解释一下，后来还是没有说出口，那些想说的话就像一个东西堵在了我的喉咙口。

泥 孩 子

　　一个总是拖着鼻涕的学生真是心灵手巧，他与其他的天才很不一样，他最擅长的是学做糖人——用泥巴做，他能用泥巴做出很多东西。我曾跟他长谈过一次，就每次从他抽屉里交上来的泥玩意儿的做法进行切磋。

　　以下是他告诉我的五种泥活秘诀。

一、泥手枪

　　一般做手枪很简单，泥在地上敲平，然后捏起来——不过不能握。待干了以后也不能握，因为泥一干就断裂了。其实真正的"秘方"在那个聋铁匠，聋铁匠那儿有铁屑，可以用打猪草的方法与他交换铁屑。把铁屑掺在烂泥里，反复地揉和，然后做成手枪的模样——要阴干。还可以在手枪的柄下先钻个孔——配上一根红绸子。

二、泥掼炮

做泥掼炮首先是和泥，反复地和，最好不用水而用唾沫，用唾沫和起来"炮声"响；然后把熟泥在手中捏成碗状，碗沿深而碗底薄，反过来往地上一摔，"炮声"比爆竹响，还能开花，在泥碗上开出三到五朵泥花，花开得越多谁就是第一名，可以喊别人"厚脸"，被喊的人必须大声地答应"哎"。喊一个，答应一个。

三、泥棋子

泥棋子做起来比较复杂些了，要准备一点黄泥，黄泥与黑脸相混合，然后用手搓——像做烧饼一样，掐一个，压一个（不用撒芝麻），再用小刀把周围削平了，刻上字。最后像烤咸鱼一样放在灶中的草里（后）烧，只能烧一会儿，烧长了就烧碎了，捞不出来了。泥棋子可以直接放在地上下，地上用小刀画一个棋盘。不过很多人都下不过我，不肯下棋，还说泥棋子脏，下一次要洗一次手。

四、泥哨子

做泥哨子要有一根废圆珠笔芯。然后用泥做成泥公鸡或泥狗的形状，形状是次要的，要做泥哨子，先是泥孔——用来吹的音孔。在刚做好的泥狗或泥公鸡的胸脯上和背上各戳一个音孔（音孔要相通）。要双响，可以在胸脯上戳两个孔。待泥哨未干时放在灶上烧，烧好了可以涂颜料，然后一吹，就像体育课上的铁哨一样响。

五、泥人儿

其实做泥人儿是最难做的，要做头，要做手和脚，还有耳朵、头发、眼睛——太难做了。最难做的是手，做好的手太大不像，太细又容易折断。后来干脆不捏手指，把泥人儿的手指全都藏到他们自己的口袋里。不是因为他们害怕手脏，而是因为手指太难捏了。试了多少次，也失败了多少次，但还是难捏，或许以后能捏得出来。

为了证明这一点，他捏扁了手中正在做的泥牛，最后捏来捏去，捏成了人头牛身的东西。我问他捏的是谁，他说是班上一个姓刘的同学。

我左看右看也不像，我说像他，他就不好意思地垂下了手，满手的泥——泥手掌，还有他擦鼻涕留下的泥——泥嘴唇。

我心里一乐："泥孩子，泥孩子，我很庆幸是你们的泥做的老师。"

栀子花，靠墙栽……

栀子花是栽在办公室后墙下的，开始也没在意，后来一股浓郁的花香直冲我们的鼻孔——肯定是栀子花开了！

出去一看，果真是栀子花开了。

开始我们还以为是总务主任栽的，可总务主任说是校长栽的，他还特地说，他才不是花心呢。这么一说，校长成了嫌疑，想不到那么严肃的校长也有这份闲心。总务主任说："想不到吧，他年轻的时候故事多着呢！"

后来有个老先生故意把这个话题重提——是在他俩在一起的时候，结果两个认真的人相互揭了老底。原来两个人是同班同学，而同班有个会唱歌的女同学，辫子一直拖到脚后跟……

看着他们争得面红耳赤的样子，我不禁乐了，谁没有年轻的时候呢！

栀子花估计不是他们俩栽的（我们只能猜测是谁）。那肯定是一位学生栽的，而且是女生。因为栀子花可以插枝，很泼皮呢。每年五六月份，我们班的那些女孩子头上都戴着一朵栀子花的，走一路，香一路。

后来，老先生居然开起了我的玩笑，肯定是这个女生喜欢上了我们的小先生。我不辩白，我只是笑着，怎么能说，又怎么能说得清——越说他们越笑。我不这么说，但话还是传到校长耳朵里了。校长有一次还悄悄跟我说，当年我也这样。

他还当真了。栀子花也当了真，一朵一朵地开，一朵一朵地香，香到最后，这话没人提了。

栀子花渐渐地长大了，开得一年比一年多，星光灿烂。我坐在栀子花的芳香中改作业，改着改着，心里就忧伤起来。我们班又有两名女生失了学。每年都这样，让我的心空出了一块。一个女生是因为家里超生罚款，一个女生是因为母亲生病。其中有个女生歌唱得特别好，她唱电视剧《还珠格格》主题歌《有一个姑娘》比赵薇好听。她还代表乡里到县里唱过比赛呢。栀子花开，远处的乡亲们又在插秧了，还唱着秧歌呢。我不知道那歌声里有没有她的嗓音。只一眨眼的工夫，乡村少女就从清清水田长成了青青秧苗了。

教室里空出的两个位置很是惹眼，我一直想撤掉，可一直没有下决心。每次下课,校园里的女生开始跳皮筋,她们边跳还边唱:"栀子花,靠墙栽,雨不到,花不开,不信佛,吃长斋……"

操场上的灰扬起来,栀子花的花期已过了。那群跳皮筋的女孩中有一个男生,这个男生就是我们班那个失学女生的弟弟,一个男生居然把皮筋跳得那么好,手腕上的银镯在阳光下一闪一闪的,皮筋已搭到肩上了,他那小小的腿还能够勾到。

好在晚饭花也要开了,晚饭花一开,校园里又会多一股难言的芳香了。

长在树上的名字

教室后的小操场上五排水杉是我教的上一届学生栽的。现在我已经又接了一届，不同的学生有不同的脾气，其中影响力强的学生还会带来不同的班风。比如班上有两个好动手的，那班上其他同学也好动手，下课动不动就抱在一起，在地上滚个不停，待上课铃响了，两个人又站起来，掸掸灰，往往还没掸干净就坐到教室里，其实他们脸上的灰尘早就把他们动手打架的事出卖给我啦。

水杉们仍站在那儿，像一群站着整齐队伍等待老师喊解散的学生。老师不叫解散，他们就这么认认真真地站着，站得笔直，站得英俊。我每次从水杉林走过去都忍不住回过头来看它们，它们长得多快啊，这么高了！我能认出哪一棵是谁栽的。

水杉的叶子是对称着生长的，像一对对翅膀似的。风一

吹，那些绿翅膀就颤抖个不停。学生们知道我喜欢在教室里看水杉树，他们肯定以为有鸟或有鸟巢什么的，所以下了课也喜欢到水杉林里寻什么。我看着他们仰头寻找，太阳光把他们刺激得直打喷嚏，一个接着一个，停也停不下来。

我在课堂上对学生们说："水杉像什么？"

有的学生说："水杉像翡翠宝塔。"

有的学生说："水杉像一支绿羽毛笔。"

有的学生说："水杉像一个个站岗的解放军。"——这么一说还真有点像呢。穿绿军装的解放军笔直站着为我们站岗。

有的学生说："水杉像一束束火把。"这是指秋天的水杉叶由绿变红，真正像束束火把呢。

学生们说到最后，反过来问我："先生你说说看，水杉像什么？"

我笑了，其实水杉最像水杉，它们遵守纪律；水杉也很认真，所以它们长得快，长得高。我没有说这些，而是又反过来问了个问题：水杉可以长多高？

一个学生说："水杉可以长得比泡桐树高。"

有的学生说长得比山高。有个小个子的女生说:"它们可以长到天上去。"

我正为他们的想象和抒情而高兴,就让他们写下来,可一位男生瓮声瓮气悄悄告诉我:"先生,你知道不知道水杉树上有先生的名字?"

我当时就愣住了,这个我没有发觉过。我抬头时学生们都看着我,我估计学生们都听到了,我怎么没发现呢?学生们肯定都看见了。我好不容易等到放学,去了小操场的水杉林,找了很多树,终于在一棵水杉树干上看到了我的名字。

我的名字是用铅笔刀刻的,已经长得比我高了,还结了疤,疤迹向外凸,看样子不是我们这一届学生刻的。我想了想当年那一届学生们的笔迹,都像,都不像,有些搞不清了。不过我可以想象得出,那个刻写我名字的学生,他曾经低着头(额头上说不定还有一处课间打架留下的泥灰),站在我面前,抿住嘴唇;心里在偷笑,但他肯定尽力控制着,坚决不让自己在我的办公桌前笑出来。

长在树上的名字

沿着草垛往下滑

离我们学校不远的地方有一块打谷场，秋收过后，打谷场上堆满了金色的草垛。这是农民们用木杈精心堆成的，好草垛的要求是不能松动，不能漏雨，否则倾塌了或者一场雨后，草垛的内心就黑成了一钱不值的烂稻草。这是一群世界上最懂得珍惜劳动果实的人的杰作——从学校里看去，我总觉得打谷场上被农民们摆满了金色的草帽。

孩子们和我不一样，他们把这草垛命名为"山"。开始我听他们说"上山去"我还不明白，后来才明白，这是孩子的创造力，是平原上的孩子对于山的渴望。有次我看到鲜红的太阳从打谷场上的草垛间升起时，我也觉得这太阳不是从草垛间升起的，而真的是从群山中升起来的，洒满阳光的草垛仿佛是一座金山。

在放学后或上学前，我都会看到很多孩子在那儿滑草垛。

他们一个个像麻雀一样往草垛上扑，然后攀到草垛之顶，眺望着什么（不知他们有没有一览众山小的感觉），然后就尖叫着下滑，孩子们的小屁股带出了外表已灰暗的草垛内心——那内心还是金黄色的，每一根稻草还是簇新的。孩子们滑着，我也总觉得我的内心有一股快乐之蜜在往下淌。单调的乡村生活，对于清澈的孩子，并不单调。所以我在课上，经常发现头发上或衣服上粘满稻草的孩子——这些都是滑草垛的孩子啊！攀登的快乐，下滑的快乐。还有一个孩子，他上黑板板书时，屁股上居然露出一个破洞——他的裤子滑草垛划破了，那湖蓝的内衣正像一只调皮的眼睛，向着哄笑不已的同学们眨呢。

草垛每下一场雨就会矮下去一截，再加上孩子们的嬉戏，农民们的灶火需要，小山似的新草垛越来越矮，都有点像我面前的日子了——开始是新鲜的刚毕了业的日子，像小山一样英俊，一切都散发着新稻草的芳香；再后来是丘陵式的庸常的单调重复的日子。草垛旧得已如灰烬一般——这时孩子们滑草垛的速度就更快了，一会儿就到了草垛顶，一会儿就滑下来了，不过他们的快乐依旧，一点儿也没有减掉。有时孩子们也是我的小老师呢。"小老师"们的活力，喂养了我在乡村的那些寂寞岁月。

日子越来越深，草垛的颜色已经惨不忍睹，像断了线或缺了沿边的旧草帽。有一次我经过打谷场，看到四下没人，我也学着学生爬上了草垛顶，站在草垛顶上，我看得很远，我看到了也陈旧如草垛的学校。春天时树荫曾经遮住我的学校，而现在树叶已落。我的学校静默着，多像那架快塌了板的旧风琴，别看它已不成样子，但只要孩子们的双手一按，双脚一踩，旧风琴还是可以奏出声音来的。虽然走了调，但每一个音符都像那快乐的孩子，一个个沿着草垛往下滑，一个个嬉笑着，头发上全部是草屑，都簇拥到我心里了。

编外学生记

留级生：属于留级生的有猪、羊、狗这些家畜类，它们渴求知识的心很强，但纪律不好，只好将之留级。虽然这样，它们还往往卖弄一些刚刚学会的知识。比如猪，它的鼻音比每一个学生都重，它还对学生们的准确读音不屑一顾。有一次，一只浑身是泥的狗站在我的教室门口，不走，还站了半天。我又不能停下课来赶它，只好讲课，学生们开始有点分心，后来还是进入了角色。不料这狗好像气管出了点问题，要么就是听不懂或瞧不起，不停地对我的讲课发出"哼"的声音，听起来不屑与不满都有，之后还摇摇尾巴，我还担心它最后用一泡狗屎，替我这堂课做个总结，幸好没有。这狗属于典型的"八旗子弟"，自以为有点家底，还洋洋得意，当仁不让，就连遇到我们德高望重的老校长也不理睬。有一天我看到我们校长发火了，他用力拽着一只山羊的角往外赶，可山羊的犟劲上来了，就沉着步子不走，还屙下了不少句号似的东西，弄得校长很没面子。他松开手，大声地呵斥："你哪里是羊，你分明是披着羊皮的狼！"

旁听生：旁听生是指那些胆子稍小一点的鸡、鸭、鹅之类的家禽类。它们开始进校时听到学生们琅琅的读书声后总是有点自卑的，但听多了也听出点门道来了。它们也开始学着读书。"啊啊啊""咯咯咯""鹅鹅鹅"，像吊嗓子似的。不过只要校长大声一吼，或者只要跺一跺脚，这些旁听生就会没命地逃，还拍打着翅膀。有一次校长还把一只鸡追得飞起来，最后这只终于飞起来的鸡飞到了教室的屋顶上。这只鸡飞上屋顶就没有再敢飞下来，它不安地在屋顶上走了整整一天，像一只野鸽子。它是怎么飞下来的？是不是待放学铃响完了之后才飞下来的？不知道。

借读生：借读生是指那些偶然一现的动物，它们不会旁观，也不会学舌或评头论足，有点客串的味道。比如喜鹊，它们往往在清晨到来，给我们带来一天的好心情。再比如鹧鸪，它还做了业余气象预报员，它在树上定时叫着，就是让我们的学生下午要带雨衣。它们没有学籍，只是来尝试尝试，说

来就来，说走就走，不通知我们，好在我们的小班长也不需要点名。有一天我们学校的上空还飞过一对灰鹤，学生们都说看见了丹顶鹤，还把这事写到了作文里，我没有纠正他们，兴许是我看错了呢。在此之后的某一天，我居然梦见一对丹顶鹤飞过我们学校上空，悠悠的，好像它们不动，而我的乡村学校在动，我还清晰地听到了鹤鸣。丹顶鹤的丹红之顶，就像一粒饱满的草莓，或者就像是从清晨带来的朝霞。是鹤，不经意间让我的内心空旷了许多。

借读生的另类是那些雨后的癞蛤蟆们。学生们有点瞧不起它们，还捉弄它们。所以这些备受歧视的借读生就有了一种破罐破摔的味道，只要一下雨它们就跑到操场上、教室里乱喊乱叫，跳到这儿，跳到那儿。它们其实是来捉虫子的，它们像一个用橡皮擦试卷的孩子，试卷都擦破了，可它们还在擦，多了很多赌气的成分。我曾对学生说癞蛤蟆是庄稼的朋友，可学生们好像没有听见，他们天生对癞蛤蟆有偏见，还用棍子把它们赶出校园。可不一会儿，癞蛤蟆们还是拼命爬了回来，还爬到教室里来，仿佛默默地说：我要上学！我要上学！

也有不怕癞蛤蟆的学生趁机用癞蛤蟆恐吓女生，女生们的尖叫令这些另类的借读生更加自卑。它们驮着笨拙的身体，向多草丛的地方艰难地爬去。不过这种恶作剧不是太多,大家都说癞蛤蟆身上的浆泡是有毒的,这也是癞蛤蟆们的武器,所以怕长难看疙子的男生还是挺顾忌的。

寄宿生:校园里的寄宿生主要有麻雀、老鼠、野兔、黄鼠狼等。麻雀们主要寄宿在学校的树上,老鼠们主要居住在地下,有一种上下床的关系。但它们还是井水不犯河水的,麻雀们白天叽叽喳喳地说话,即使在自习课上也不能住嘴,像地上的一粒粒土坷垃醒了,长了翅膀飞起来了。麻雀们总令我们目光有点湿润。

老鼠们则与麻雀们相反,有一种"日不做夜摸索"(指白天不努力,到了晚上做出努力的样子)的懒劲。它们白天蛰伏,晚上则从集体宿舍里窜出来,从校园的一角狂奔到另一角去,有时还成群结队地在操场上搞正步走。当纪律没有人监督的时候,它们越发放肆,还围攻并咬坏了校长精心收藏的报纸。黄鼠狼是老鼠的天敌,它有点像集体宿舍的舍长似的,管察看那些老鼠,有了它,那些"不良少年"就老实多了。老鼠的天敌还包括我的学生们。我的学生们打老鼠也特别有本领,他们曾从操场上的一只老鼠洞里挖出一窝粉嘟嘟的幼鼠。我们校长说,广东人就喜欢吃这个。后来这句话传出去传偏了,

乡亲们见了我们校长就暧昧地笑。在家里或者田里打到老鼠就叫来他们的孩子："喏，你们校长喜欢吃这个，你快去把它送给你们校长。"再后来，干脆开玩笑地说："你快把老鼠送给你们先生下酒，刚打死，还新鲜着呢。"

野兔作为寄宿生仅仅住了一段时间，被学生们发现后就立即转学了，再也没有回来过。像一个因故辍了学的女生，她再也不朝学校走近一步，她内心是爱着这个学校，爱着她的同学们的。还有那些关心过她甚至批评过她的先生们。她们往往在校外的路上一见到先生的影子，就迅速地躲起来，像野兔一样躲到了草丛中，无数个在学校里认识的字与词就像草籽一样无穷无尽地落下来，落到她的发丛中、脖子里，还落到了她的眼睛里。

流生：那天早晨，有学生在操场上拾到一只瘸了腿的野鸟。这是一只谁也没有见过的野鸟，包括我们的校长，还有总务主任，谁也不认识。这只野鸟个子不大，有翅膀，脸却像个猴子。乡亲们也没有见过这只鸟，都纷纷来到学校里看这只奇鸟。弄得我们上课的学生一个劲地在课堂做严肃状、做认真状，他们要做样子给他们的父母看。

这只奇鸟不吃米，也不吃饭，倒是喜欢吃生猪肉，而且一天要吃半斤猪肉。校长还给这只奇鸟腿部进行了包扎。渐渐地，奇鸟成了我们中的一员，间或有外村人听说了会到我们学校假装找亲戚，实际上想看看奇鸟。奇鸟是认生的，它会啄陌生人的。

有一天，奇鸟没有跟任何人打招呼就飞走了，成为没有原因的流生。很多学生听说后都怪校长，是校长故意放走的。校长说："是故意，妈妈的它吃了一个月的肉，我倒一个月不吃肉了。"校长说的是反话。奇鸟走后他经常仰望天空，我们都知道他盼望那奇鸟回来。但那只奇鸟一直没有回来。有时候想起来，都好像是我们做的一个梦了。

后来查了书，才知道这是一只猴面鹰，国家二级保护动物，这可是我们学校最出名的流生呢。其实我们学校的流生还包括一群白鹭，它们是插秧季节来的，居住了好一阵子，我们享受了它们的飞翔，也享受了它们的鸟粪式的热情。这些流生多像我的那些随父母外出打工的学生啊，他们在我的心中永远保持着一种飞翔的姿势，我祝愿他们。

每天晚上，学生放学，我回到我的宿舍，打开日记本，我就听到窗外的月色中有翅膀拍打的声音——不用说，肯定是它们在用力地坚定地向前飞。

第四辑

自行车骑着老校长

The Little
Teacher

乡村小天才

　　不可否认，农村学校总有一群天才像无名花一样在自生自灭。比如一个绰号叫"叫驴"的男生完全可以作为男高音。暑假他在邻湖上放鸭，吆喝的声音可以清晰地从此岸的甲村抵达彼岸的乙村，几年后我再遇见务农的他，他说话声音粗哑且瓮声瓮气。比如一个叫"蚂蚱"的女生，真的可以像蚂蚱一样——跃过近一丈宽的灌溉渠（有学生还说她曾飞越过一条小河）。再后来听说毕了业的她嫁到外地去了。还有一个叫"黑鱼"的男生可以在河里潜泳——扎猛子——能潜过一条大河不换气（几年后他却死于游泳）。

　　同样，在我们学校还有不少美术天才，他们随手所作的画可与毕加索的变形画相提并论，有的人可以称之为乡村米罗。他们作画的工具有铅笔、毛笔、粉笔、小刀（在烂地上刻或刻在树干上）、烧黑了一端的芦管、红砖头、青砖头等等。

他们画的内容主要是动物和人。动物不成比例，人体比例失调。我曾见过一个"天才"用红砖头在我们学校领操台上画的画，他画了一只兔子——但分明是人脸。还有一只狗——狗也是人脸，还画了眼睫毛。不过有一点值得赞美，他们画人时往往很传神——冷不防地，我也曾见到"我"被画在了村里的一面墙上，在"我"面前，是一只"狗骨头"——还冒着热气。

我知道这是我们班的那个美术天才画的，而且画的就是我，一是他画了我的招风耳；二是他画了我的一双因近视而眯起来的小眼；三是画了中山装，上口袋还插着一支笔。我知道不能在班上说这事，越说这"作品"越会被迅速复制，我只是用地上的红砖块在我身边加了一只狗。

有谁想到，在离学校不远的大墙上，画上了一幅我们校长的写生画呢，而且这写生画是用墨汁画的。校长的瘦头、长脸、皱巴巴的西装，还有一边写了四个字："方方面面"——一看就是校长的口头禅。学生们上学、放学，见到这画像都会笑的——等我知道已是一天之后；等校长知道已是两天之后了（在之前我想要学生去擦，但由于是用墨汁画的，很难处理）。校长本来出校门是看看学生们的——没想到他看到了他自己正在墙上讲"方方面面"。

等我们见到校长才知道校长已气了整整一个中午。校长反反复复地说:"反了天了,文化大革命又到了。"边说还不停地捂心口——他真是气极了,为了这个学校,他真是"方方面面"都献给他的学生们了。

追查运动在下午开始了——每个班都列出重点怀疑对象——然后各个击破(威胁利诱,什么花招都使了),但那些调皮大王都不承认。一直到了放晚学,校长肯定又气了一个下午。他在校园里散步,轻飘飘地转得像一枚落叶。他转到教室时发现了我们的追查运动。他让我们放那些"可疑分子"走,然后他颤颤悠悠地说了句:"过去供牌位可是'天地君亲师'啊!"

后来我讲给我的城里同学听,城里同学提议,查一查学生们的美术作业本就行了嘛。但这一招在我们学校不行,我们学校没有美术课也没有音乐课,体育课也难乎其难。过了一个星期,校长的画像被墨汁涂掉了,一团墨就涂在墙上,像一个黑洞。严厉的校长变得很不愿出校门。

再后来还是一个女生告诉了我一个可疑对象。他会画画,但很孤僻,不愿与人说话,我曾想找他谈话,可他不屑。我一直没有告诉校长。很快他就毕业了。几年后我再遇见他,他已成了一个鱼贩子,全身鳞片闪烁,鱼腥味冲鼻。他看到

小先生

我时，把头扭向一边，他想不认我。

他为什么对学校对老师这么怨恨呢？

他不说，我也知道，肯定有我们做得不对的地方。

光膀子的老师们

我们这儿水多，乡亲们把送孩子到我们这里上学叫做"关水学"，意思是他的孩子送进学堂就远离了危险的河水。我记得在上小学的时候我们老师总是千叮咛万嘱咐，不要下河游泳，不许下河游泳。老师们还用指甲划一划每人的皮肤，如有发白的痕迹就证明下了河，就要罚晒太阳。虽说还不到伏天，但晒太阳的滋味是很不好受的。

后来轮到我自己做老师了。还没到夏天，校长就在会上讲学生安全教育的事。所以也就轮到我站在黑板前，声色俱厉地敲着讲桌说："不许私自下河游泳。"学生们静默不语，我知道我的话只能吓住那些老实的学生，每天还是有学生悄悄地下河去游泳，这是没有办法的事，因为我知道我的学生是一群水鸟变的孩子，能飞，能游。

很多学生从小就学会了游水，所以应该不会出什么问题。

小先生

快要放暑假了，这几天校长特别强调要注意学生安全……可事情还是出来了。那天下午，一个学生在离学校很远处的河堤上发现了另一个学生的一只凉鞋。这消息可了得，校长当当地敲起了集合钟，学生们来了——但缺少那只凉鞋的主人。校长急了，老师们也急了，大声命令学生们一个也不允许出校门，全部在教室里自习。

河堤上就出现了一群光膀子的老师们，校长不会扎猛子，他只是在浅岸边探寻，一脸的焦急。会扎猛子的就不停地扎猛子，深水里还是很凉的，有的老师的嘴唇都冻乌了，可那只凉鞋的主人还没有找到。满头花发的老校长眼里都溢出了泪水，刺目的河面上满是抑郁的水岚。说不要出事，可事情还是出了。

一个在棉花地里劳动的农民从茂密棉花群中钻出来，他全身被汗涸得精湿，他准备来到水中冲凉降暑。他看见了我们："先生们在河里寻什么宝贝啊？"知道原委后，他说："原来你们是找中午在这儿洗澡的孩子啊，他已被一个长络腮胡子的男人逮走了，还一巴掌打在了那个孩子的光屁股上，声音很响，就听得清清楚楚。"我们这才长长地松口气，原来他是被他父亲逮走了，就想他肯定少不了一顿皮肉之苦。

虚惊了一场的校长开始自制标牌，每个标牌上都写着：

"禁止下河游泳，否则校纪处分！"

标牌做了很多，每个标牌上都是校长写的毛笔字。后来，这些标牌插到了很多条河边，不知道管用不管用。

穿着雨靴进城

　　一个人的身份与穿着绝对有关系，比如我们校长曾经到村里的裁缝店做过一套西装，瘦瘦的校长穿起来就不伦不类，反倒是穿上蓝咔叽的中山装更好看些。不过他到乡里开会，到城里办事，还是穿上了他的宝贝西装，还穿上了他的老皮鞋（怕有很多年了，有一只已经歪斜了），看得出他穿上西装的感觉并不好，可是他说有什么办法呢，上次进城，人家都以为他是个老古董，还是穿西装好些，穿西装的话，人家的目光就少了，走路就轻松些，城里人就喜欢穿西装。

　　穿西装就穿西装吧，可是一到下雨天，穿着西装的他偏偏又蹬上了一双中筒的雨靴，这就更加不伦不类了，怎么看怎么别扭。每当他穿成这个样子，学生们就在背后叫他"德国鬼子"。但乡下土路一下雨就泥泞不堪，一走路就是一脚的烂泥，想甩都甩不掉，真是固执的坏脾气。如果还想"甩"的话（校长评语说的是想要派头的话），皮鞋一会儿就变成了小泥船，所以雨靴反而适合于土路。看来校长穿雨靴还是穿得理直气壮的，既然穿得理直气壮，别人怎么看也就无所谓了。他心安理得地穿着后摆有点吊的西装，蹬着粘着烂泥的雨靴到乡里或进城办事。回来时他乐呵呵的，似乎没少了什么，实际上雨靴上已少了许多烂泥，而原先黑色的泥渍变成白色的泥斑，像踩了一脚的雪。

本来我早已不用雨靴了，过去在没上师范前下雨赤脚；上师范时下雨也无所谓，到处都是水泥路。可是到我们学校也就行不通了，估计烂泥见皮鞋见得不多，反而亲昵得太过分了。开始我还"甩"，下雨穿皮鞋，后来再也不行了，我心疼。乡里经费紧，工资不仅发得迟还打折，我不能死要面子活受罪，所以我托穿雨靴的校长到乡供销社买回了一双雨靴。

新雨靴锃亮锃亮的，亮得能照见人的脸，雨珠滴在上面一会儿就滚走了。我走路时觉得有人在看我的脚。不过雨靴老得很快，不出几个雨天，雨靴就老得和校长脚上的雨靴差不多。似乎只有老了的雨靴才更和泥土亲近些，老了的雨靴更协调些。真是一种很奇怪的观点呢！

每年开学前，我们学校里的老师都要乘船到城里，主要是到新华书店去一趟（船是村里派的水泥机动船）。我们在城

小先生

里往船上搬书，搬完书后一起去一家馄饨店吃馄饨（校长说这是城里最好吃的馄饨），吃馄饨时还可以在碗里多撂一些辣椒，那个香啊，那个辣啊，吃得鼻子上都冒汗。吃完了我们一身轻松，校长还脱掉了西装，露出两种不同颜色织的毛衣，然后我们一起再乘挂桨船回去。有一次开学前去城里，正好早晨下雨，我们都穿了雨靴，然后又一起穿着雨靴上了挂桨船，上了挂桨船校长还指挥我们在船帮上把雨靴上的泥洗掉，用校长的话说，要让城里人认为我们穿的是马靴，而不是雨靴（亏他想得出来）。到了城里，太阳升上来了，城里的水泥路不像乡下的泥路，乡下泥路要晒两个晴天才能晒干，而城里的水泥路只要一个钟头就干了。

　　穿着雨靴的我们几个好像是"德国鬼子进城"（雨靴底在水泥路上总是要沉闷地发牢骚），天不热，我身上全是虚汗，到了新华书店，上楼梯时营业员都吃吃地发笑。如果这还不算尴尬的话，我在回船的路上，居然遇到了我城里的同学，同学笑眯眯的，目光却朝下，他看到了我的雨靴，我们的雨靴。后来好不容易同学走了，我觉得满街上的人都在看我。我躲到校长他们中间走，他们走路声居然那么响，都有点步调一致了，我都感到全城人的目光在喊口令了："一二一，一二一，一二一……"可校长和其他同事并没意识到这些，他们旁若无人"一二一"地走着，他们要带我一起去吃馄饨。

　　回去的路上，校长首先把那双在水泥马路上叫了一天的雨靴脱下来，然后就躺到了我们刚从新华书店买回来的书捆上。我们也相继把雨靴脱下来。河上的风吹过来，吹得我们双脚那么舒坦。校长一会儿就在新书捆上睡着了，机动船发动机的节奏好像在催眠，他还发出了呼噜声。而他的旧雨靴，一前一后地站着，像哨兵一样守卫着他的梦乡。

地气盈盈

我们那里原来不通汽车，主要是河多，很多人都没有坐过汽车，后来乡里终于通汽车了。校长出门次数多，所以他乘汽车的次数也多。学生们很羡慕这一点。

可是校长硬是说汽车的不是，反而说轮船的好。可真是乡下人的命。校长说："哼哼，有本事你自己试试。那个晕啊，眩啊，我的胃子不停地在痛，吃多少呕多少，有时候呕的比吃的还多。"我们听了不同情他，反而笑话他："校长你真是有福不会享呢。"校长说："别嘴硬，到时候我来看你们。"

我们又不经常出门，校长们说的"到时候"久久没有光临。我在城里上师范时乘汽车可从未晕过汽车的。有时候我在梦里还梦见了我在乘车。有很多老先生也激将似的问校长，"到时候"究竟在什么时候。

校长说："肯定有机会的。"他还反问我们一句："我什么时候说话不算数的？"那是在食堂里吃饭的时候，他用筷子敲了敲饭碗。对于他的不算数，我们可以举出很多例子的，但我们不说，还是满头白发的校长也笑笑，他板着脸，在桌上数着米粒。我们只好陪着他数米粒。一粒，又一粒，就像乡下这寂寞的日子。

别看校长自以为肚量大，可一生起气来，板了脸的他会不理我们，连"钓乌龟"（扑克游戏）也不陪我们玩了。我们只好手痒，脸上堆起笑脸去拍校长的马屁。我们说请校长和我们一起"钓乌龟"，我们给工钱。事实上，工钱也是虚拟的，只要一玩起钓乌龟来，他就像个老小孩。笑嘻嘻的，脸上贴满了输掉的标志：纸条儿。他在纸帘儿之后根本看不到我们在作弊。有时候输多了他就会耍赖。我们只能适可而止。他不认输，只要他赢了一次，就哈哈大笑，像是赢了几万似的。

在我们快要把"到时候"忘掉的时候，乡教办室组织了教师到邻县一个先进学校学习，我们学校包了一辆车。那天我们起得特别早，天不亮就骑着车去乡里。天灰蒙蒙的，校长在前面带路，看不出他有晕车的迹象。他像头马一样带着我们在布满露珠的小路上前进。

可是一上车，我们的校长就不说话了，咬着嘴唇，像是生谁的气似的。总务主任还说了几句笑话，后来也不说话了。

再后来谁也不说话了。车在前进着,车子不是很好,有很浓的汽油味……而这时校长就开始晕车了。校长的晕车还奇怪地传递给了其他教师。我还有点好,咬着牙,一脸的平静——我已觉得我也不妙了。我是我们车上最后一个呕吐的——那一天,我们下车时,一字儿排队呕吐,东倒西歪,像一群打败了仗的伤病号。

听完课就吃午饭,校长没有吃饭。他要我们吃。我们也没有吃饭。校长不知从哪里搞来了晕车宁。吃下,吃下。他还骂了一声汽车的坏话。上车了,晕车宁发挥作用了,我睡着了,耷着脑袋,我又梦见了我们坚实而平稳的乡村学校。现在乡村学校给我的感觉就像是一块安全岛,我要尽快地赶到乡村学校去,只有到了那儿,我才能避开这讨厌的汽油味,而让树香、花香、鸟鸣、童音和笑声把我紧紧地裹起来,把我裹成一棵树,抓住乡村的土不放……

地气!地气!正是这乡村盈盈的地气让我一瞬间安静下来了。

树杈间的排球

开始我们校长说话我还不适应，比如珠算课称之为"打算盘"，音乐课称之为"唱歌课"，书法课称之为"写大字"。我们没有纠正他，其实纠正他也没有用，他很犟，最出名的一次是他曾在乡政府里啃了两天馒头，为了要一笔修围墙的费用（后来围墙好了还是差一道铁门）。

"写大字"课是在午休之后的二十分钟。其实书法课在其他农村学校是不开的，教师少，一些副科能不开就不开。但我们校长坚持开，我们只好服从，学生们也只好每天下午都拎着一瓶墨水进校园。校长说："农民让小孩来我们这儿'吃字'，不'吃点字'，怎么行？将来写个'对子'（春联），号个竹箩什么的，都要写大字。"这大字就是毛笔字。横是横，竖是竖，撇是撇，捺是捺。开始是描红，然后是临帖。写得好就用红墨水圈一个圈，谁的红圈圈最多谁的字就写得最好。

小先生

　　我们校长还让我们把"写大字"的本子给学生带回家。其用意是很明显的，这大字本子的宣传比任何宣传来得都实在，所以我们校长口碑极好。方圆几里有大事必请校长吃饭坐正席，尤其是处理纠纷与分家。纠纷的了解，分家的契单，都从我们校长手中的毛笔在碗沿上"贴尖"时搞定的。校长的面前有一张红纸，红纸上一会儿就爬满了漂亮的小楷。我不知道那时喝了酒的校长是不是和他要求学生的那样，悬腕，虚着手心，屏气，定神。

　　学生"写大字"的时候，校长总要在学校里转来转去，遇到学生写得不对或姿势不对时他就上前去纠正。不过学生好像不怎么配合他，写了半个学期下来，字反而退步了。学生调皮的手段越来越多，比如替午睡的同学画上鬼脸，被画了的学生醒来之后一点也不知道；比如他们用他们的"鬼画符字"在村里各个角落"题词留念"。有的学生还在课桌上或墙壁上写下他们的大字，有的学生的白衬衫被后排的学生画成了"水墨画"。纠纷越来越多，都是因为写大字。但校长坚持要"写大字"，到了下午第一节课，我们学校就多了一种墨臭味（校长称之为墨香）。

　　后来上任的乡教办公室主任不喜欢"写大字"，而喜欢排球（他最喜欢讲中国女排为国家争光的故事），谁也不知他从哪里批发到那么多胶皮排球（三块钱一只），两个学生一个排球，排球打起来很简单。那时校园里传来的尽是嘭嘭嘭拍球的声音，教办室主任想让我们乡变成排球之乡。我们学校的民办英语老师过去的绰号叫"铁球"（因为他说"教师"这个单词英文发音叫铁球），因为排球的缘故，他的名字而又被人叫做"排球"。英语老师很是生气，去告诉校长。校长也无可奈何。学生们取的绰号很多，有的生了根发了芽，有的则像落到树杈间的排球，谁也不能把它取下来。

现在学生们早已不"写大字"了，但过去校长倡导的"大字"还是派上了用场，学生们都在各自的排球上用墨水画上了自己的记号。少年们打排球的方式也简单，看谁击得高。少年的臂力的确不错，有些排球被击得很高，好久才能落下来。有一次，竟然落到了一位老教师的头上，老教师没有受伤，倒是吓得不轻。不过，打他的这只排球没有记号，老教师一口咬定："这是故意的，那些调皮大王是为了报复。"

校长不相信，我也不相信，怎么可能算得那么好？可是，那只排球偏偏没有记号，没有记号的排球怎么解释？没有人来领这个排球又怎么说？

校长亲自抓了几个疑似肇事者，后来没有证据，也不了了之了。在那些如小树一样在风中摇来晃去的学生面前，老

小先生

师是永远较不了真儿的。再后来，由于配被排球打碎的玻璃窗比排球还贵，再加上没有足够的场地，排球也实在没有什么可打的。再加上一下雨，操场就泥泞无比，得好长时间才能干。打排球的日子就这么过去了。

那些落到树杈间的排球，谁也不能把它取下来了，像是栖在树上的小熊猫。

树杈间的排球

今天食堂炒粉丝

　　乡下孩子懂事早，星期天放假，孩子们回家不仅要做作业，还要帮助大人做事情（所以有的学生在作文中表达了不情愿放假的愿望）。星期天下午，如果你看到通向我们学校的路上有一个孩子扛着小半袋米在逆风行走，那多半是我的学生，他们必须自己把这一星期的代伙口粮交到学校食堂去。

　　我们学校食堂其实不能叫做食堂，只能叫做伙房，它像一个守卫人守在校园的东北角，校长还请瓦匠支了三间灶，分口锅、中锅和里锅。口锅是尺二的，用于炒菜；中锅是尺三的，用于烧饭；里锅是尺四的，用于烧汤。如果代伙的学生多一些，里锅就用于烧饭，中锅就用于烧汤。值日的伙头军就是第三节第四节没有课的老师。有个不成文的规定，谁没有课，谁就必须到食堂去，烧火的烧火（反正学校有座大草垛，这是学校用学校厕所里的粪跟村民换的），烧菜的烧菜（很多蔬菜是自己长的，红的扁豆，青的连根菜；长的丝瓜，短的茄子）。说起烧菜，烧得最好吃的倒不是校长了，而是黑脸的总务主任，他最拿手的菜是葱炒粉丝（食堂有一蛇皮袋山芋粉），泡好的粉丝，然后撂上香油，到门口掐点女儿葱（一种纤细的香葱），一爆，然后再放入粉丝，木柄铜铲就这么来回地翻，无数根粉丝就这么扭动着……葱香会在校园里传得很远，这也是我最不喜欢上第四节课的原因。如果第四节课是校长烧菜还好，如果轮到了黑脸总务主任主厨，那我的课堂秩序肯定是不好了，因为早已有鼻子尖的学生在悄悄地说："今天食堂炒粉丝了！"不一会儿，全班的学生都知道，今天食堂炒粉丝了！这会弄得我控制不住课堂秩序。木柄铜铲也在我的头脑里来回地翻滚着。说来也怪，学了多少次，我炒的粉丝怎么也炒不出黑脸总务主任的水平。

在学校代伙的学生并不多，一般是五六个左右，一类是家离学校的确很远的（多半家住在几十棵树和一两座房屋构成的独家村上）；一类是父母都在外面搞运输生意。代伙学生们一般只和我们一起吃午饭，我们像一个大家庭坐在一起吃饭，一起踮起脚尖扯那长长的长长的炒粉丝——有时筷子夹不住，用筷子搅一搅然后一拽……

饭不限量，还可以吃留在铁锅底上的焦锅巴，不过这需等校长出门开会才行，我们用木柄铜铲在铁锅中铲锅巴，如果校长在家就会心疼，锅要铲通了！锅要铲通了！他这么唠叨，我们反而不好意思铲锅巴。不过有一次他自己却独享了锅巴——因为下午漫长的时光里，有许多蚂蚁来饭锅里做搬运工。校长在灶后烧了一个草把子，蚂蚁们全死在饭锅中，然后校长一口一口地吞下了，他还美其名曰："这有什么的，宁吃蚂蚁一千，不吃苍蝇一个。"

到了晚上，没有了代伙的学生，还有几个老师回了家，我们几个就吃得很随意了，尽管有蔬菜，山芋粉丝还有大半口袋，可谁也没有积极性炒上一盆，好像这炒粉丝真是炒给学生们闻，炒给学生们吃的。有时候，校长兴致好，他就提出大家"拼伙碰头"，我们的食堂会一下热闹起来，灶里的火苗红彤彤的，屋顶上的炊烟笔直笔直的，里锅里的鸡烧芋头，中锅里的青菜抓肉圆，还有口锅里的葱花已散出了香味（炒粉丝肯定要的），香味在空荡荡的校园里弥漫开来，我听见了很多狗叫的声音，肯定有很多鼻子很尖的狗在黑暗中咽着口水："不要再炒粉丝了，不要再炒粉丝了，再炒我们就要打喷嚏了——"

在声声狗吠中，我们已把菜盛好了（用学生们寄存在食堂里的不同形状的搪瓷盆子），酒也倒好了（村酒厂里自做的大麦烧），满满的一桌。如果遇上停电，校长还会点上嗞嗞嗞直叫的汽油灯。我也不停地咽着口水，我已忘掉所有在生活中积累下来的忧郁，准备和我的那些正眯着眼睛喝酒的同事一起，共赴世界上最幸福的晚宴了。

穿白球鞋的树与调皮的雪

　　学校里的树长得很杂，好像一群长相不同的学生，有苦楝，有榆树，有合欢树，有野核桃树，还有高高大大的元宝树。它们手拉手的，做了学校的围墙。

　　合欢树一到晚上叶子就收拢起来，所以一到夜晚就瘦了。它的花期很长，云霞似的花朵和少年们脸上的红晕一样红。野核桃树有时结果（长条形的），有时不结果。元宝树会结元宝似的果实，后来我才知道，元宝树又叫枫杨树。两棵长得最快的枫杨树还竖有上体育课用的爬杆，一晃就够不着了。

　　这群杂树好像是校园里一群不听话的学生被罚站了，反省思过，想着想着就生了根，长了叶。还有像大羽毛样的水杉树，水杉树是我们自己栽的，树苗是乡里教办室推销下来的。这些树总是在孩子们的读书声中摇头晃脑。

　　秋天到了，它们落叶的速度多不相同（这与不同脾气的学生放学回家一样，有的急着回家，有的则慢悠悠地，摇着晃着到天黑了才回家），最先落叶的是苦楝，然后是榆树、合欢、枫杨。每当叶落时节，值日生的任务就非常地重，他们每天扫过一层落叶，又要扫一层落叶。一堂课下来，刚扫净的地上又是金黄的一层。高粱秸秆做的扫帚都扫秃了，这一学年的第一学期下来总比第二学期"费"扫帚，这其实就是因为秋天。秃扫帚是不能扔掉的，还要有用的。

叶子落完了，又该刷石灰水了。为了防冻和防害虫。那些秃扫帚就该派上用场了。石灰水是用粪桶和的，一些男生负责抬（他们一般是因为偷核桃树上的野核桃被处罚的），我和班长负责刷，一棵又一棵，细的树干，粗的树干，斜的树干。刷了好几天之后，才能轮到水杉树，秋天的水杉树颜色已经变了，水杉树的叶子变得猩红，一阵风来，细碎的水杉树叶就像雪一样落下来。每刷一次，学生们的头发上落得都是猩红的水杉树叶。红的头发。白的树干。待学生全部刷完，我发现落了叶的树发出了奇异的光芒。

孩子们都说树"穿上白球鞋"了，有时夜里我出来散步，我觉得全校园的树都穿着白球鞋站在我身边。是不是它们刚系好了鞋带准备跑步？或者已跑了一阵看到我出来，就停住不跑了？

小 先 生

　　冬天渐渐地凉了，校长也看到了我们班的劳动，特别通过铁丝大喇叭表扬了我们。所有的落叶乔木都落尽了它应该落的叶子，校园里显得空旷了好多，也亮堂了许多，亮得不可思议。我坐在教室里开始还不适应，有点慌张，为什么会这么空，这么亮？

　　风从外面吹过来，吹得北窗上那张钉好的塑料薄膜（代替玻璃用的）一阵又一阵响，同学们又归于了安静，好像再也没有爬树的学生了。只有一些留鸟们在树上，影子落到地上，像音符栖在五线谱上似的。

　　下雪了，大家都舒了一口气，雪映着上了石灰水的树干有点黯淡。不过天一放晴，我的穿棉袄棉裤的学生们就变成了一只只胖狗熊，打雪仗，滚雪球，在地上像狗一样撒野。玩得不过瘾了，就看上那些趴在玉树琼枝上的积雪。他们用力蹬一下树干，然后快速地离开，这样，树上的雪就冷不防地打在下一个人身上。树很多，学生们兴致很高，我也曾被学生灌了满颈的雪。

　　谁也没有料到的是，有个学生用力蹬了一下树，雪就把匆匆赶路的校长打了个正着。校长成了雪校长，待校长把雪全都抖开来，身边一个人也没有了。校长没有追查，而是也学着学生样用他的雨靴蹬树。一树又一树调皮的雪从树上落下来，落到地上的雪就老实多了，它们乖乖地任校长用大铁锹把它们铲到树根那儿去，一节课下来，每一棵树都穿上了大号的白球鞋。

乡村战马

我所说的战马，就是那些行走在乡村的自行车。

我刚开始做教师时，我们学校只有一辆飞鸽载重自行车，那是我们校长的。校长很爱护他的自行车，别的教师借，他总是有这样那样的借口，实在躲不过，只好借了。而借了之后再还的话，校长的事情可大了，先是摇摇龙头，然后还察看脚踏和链条，再后他就用一块布前前后后地擦洗。擦得亮堂堂的，擦好了校长还忙着替挡车板上蜡，替链条和车轴上机油，像呵护宝贝似的，弄得借的人非常尴尬。

有一次下雨，他去乡里有事，我们几个教师在办公室里，看见了校长竟然扛着自行车走过来，大家都拍起巴掌来了，弄得在教室里做作业的学生也站起身来探看，都看到了一辆自行车骑着校长在走。

这是一匹很孤独的战马。更多的时候，它站在校长室里休息。后来，我们乡来了一位新乡长，新乡长对我们乡里各条河上的榆木桥非常有意见，决定拆除榆木桥而铺水泥板桥。水泥板桥有弊端，那就是收获季节驮满麦把或稻把的把船不太好过了，而优点是能骑自行车了。经常可以看到学骑自行车的农民。他们像是要和自行车打架似的，刚跌倒了，爬起来再骑。硬邦邦地骑，从不助跑，跨上去就骑。倒是他们的孩子们，一会儿"掏螃蟹"，一会儿前上，一会儿后上，弄得像玩杂技似的。自行车刚兴的时候，经常见到受了伤的孩子像伤兵一样，可他们轻伤不下战马，我还见过一个伤了胳膊的孩子硬是用自行车骑过了一条窄窄的田埂。

后来，校长的自行车再也不宝贝了，我们都有了新自行车。我们和校长到乡里开全乡教师大会时，我们这批自行车队有了一种骑兵大队的感觉。校长对他的自行车还那么宝贝。开始我们也学习他，对自行车也很宝贝的，渐渐地，我们就不太爱护我们的战马了——丢了铃，坏了踏板，后来我们中有人买第二辆车时，校长的车还那么新。我们找原因，找来找去，只有一个，校长骑车骑得像老牛，慢腾腾的，一有沟啊槽的就下来，然后把自行车搬过去。而我们，一抬龙头，用力一蹬，就颠过去了。

在这一点上,我们的学生跟我们相似,他们比我们更加冒进。我们敢越过水沟啊水槽的,我们不敢跨越水泥板铺成的桥,可他们敢,呼一下就骑过了水泥板桥。有的小河上只有一块桥板,他们也照"呼"过去。

有一天,我在下午第一节课前就遇到了一个全身湿透的学生,我问他怎么啦?他说骑到河里去了,他肯定是骑车过桥,然后从桥上落下来了。我问他有没有受伤?他说,没有。他还神秘地说,从桥上往下落的时候,感觉像是在飞呢。

远处的防洪堤上就有一座水泥板桥,每天放学,学生们骑在防洪堤上,就像是骑着年轻的战马,他们骑过了那些泡桐树,那些水杉树,还骑过了那水泥板桥,一个也没有下车过桥。我正担心的时候,他们已经不见了,只留下满耳清脆的车铃声——叮叮叮,叮叮叮,像是《今天》这篇作文上最后一串圆溜溜亮晶晶的省略号。

陪孩子们一起长大,也是件有意义的事呢。

乡村战马

纯金的歌咏

　　我们学校的操场是泥操场，一下雨，操场就泥泞不堪。一群赤足的孩子跑过来，又一群赤足的孩子跑过去，孩子们的脚印相互交叠，像一幅简单明了又深奥莫测的水墨画。

　　不必担心泥操场会凹凸不平，只要快乐还在，那些机敏的精力充沛的孩子们还会用光脚丫把泥操场踩得比水泥地还平坦。做广播操的时候，孩子们在操场上一字排开，他们的影子也一字排开，多像是种在操场上的棵棵水稻啊。而上体育课或放了学，孩子们则像是在大地上四处奔跑的兔子。有时候我站在泥操场边，会听见他们咚咚的足音，好像是大地年轻的心跳。

　　除了做操和体育课，泥操场上还会集中开全校大会（主要是开学典礼），再有就是歌咏比赛。红五月与金十月，一年两次歌咏比赛。一旦歌咏比赛，孩子们真的像百灵鸟一样——

他们还会把歌声带到村里，带到他们的家中。有的农民也会唱，我曾亲耳听到一个老头一边放牛一边哼着走了调的《南泥湾》。比赛时，只要有时间，农民们必将来看（也有不来看的，不是不想看，而是孩子的命令），围了很多人，孩子们的红口白牙，童音像灰椋鸟一样飞向远方。

那是一次在九月三十日下午的"金十月"歌咏，孩子们排着合唱的队伍站在操场上，阳光很好，孩子们脸上红扑扑的，像是春天又一次来临了。由于学校的放广播操的铁丝喇叭坏了，学生们决定清唱。一个班又一个班地走上去，《保卫黄河》《红星照我去战斗》《毕业歌》《让我们荡起双桨》……我第一次在野外听孩子们的清唱，这清唱声令我战栗不已，像赞美诗的风格。还有和声，燕子们的和声。燕子们在向南飞。孩子们的歌声在向天空中飞，向田野中飞——肯定有不少农民从田野抬起头来……

九月三十日，没有铁丝喇叭的伴奏。我听见了棉桃在田野中吐絮的声音。孩子们唱了很久。校长和老师们在孩子们身边坐着（校长头上的白发特别耀眼）。一首又一首歌，一只又一只墨蝌蚪。他们在用嗓音表达爱——这爱，使天下所有的矫情造作的歌咏的声调暗了下来，而把孩子们的歌声镀成了纯金色，我们的校园也被孩子们的歌声镀成了纯金色。

背诵过堂

　　他个子的确长得太快，站起来要比我高得多，很多学生都叫他"大个子萝卜"——每当听到这叫法我都忍不住要笑，为什么要叫他"大个子萝卜"呢？也许是他的大个子吧。看得出，他自己也不喜欢高，小小的年纪，背尽力弯着，像一个小骆驼。

　　他的成绩并不好，中间还留了一级，也许因为这个原因，平时就很自卑，沉默寡语。但在班上他绝对是一个让老师放心的学生。有一点可以证明，轮到他值日时，教室打扫得很认真，连讲台甚至黑板下的沟槽里的灰都打扫得干干净净。他还从不迟到，从不早退，下课也不打闹。相反，闹得比较厉害的是那些小个子的学生，那些小个子的学生反过来还会欺负这个大个子。有一次班长向我反映，"大个子萝卜"的腹部被一个小个子学生捣了好几拳，疼得掉了眼泪，不过他还是没还手。开始我还有点不相信,后来我一调查,果真是这样,这个"大个子萝卜"竟然是全班同学欺负的对象,还真是个纸老虎。

有时我在讲台上看到沉默的他,心中挺不是个滋味,他的内心肯定比一只小兔子还要胆怯,还要懦弱。至于升学,我想只能是这样了,等到毕业,他会成了他父母的好帮手,种田的好劳力。

他的本来面目是在课文背诵这件事暴露的,课文背诵的任务布置下好几天,可在班上抽查的效果并不理想,我只好下令"统一过堂"。放学后背了书再走。下课背书其实是乡村学校的一景,乡亲们也很理解,送孩子上学就是为了"吃字",很多贪玩的孩子对此招只好收了心,认认真真地背书。每当此时,乡村学校的黄昏里有很多童音在叽里呱啦的"念经"。乡村孩子读书不像城里孩子读书那样抑扬顿挫,他们带有乡音的普通话读起来真像是"唱经"——一口气没有停顿地读到最后。不过他们读得专心,效率高。

那一次,很多学生背好了就走了,最后就剩下了那个"大个子萝卜"。我本有心放他走,可窗户外站着几个背好书的同学,他们在等他一起走,在孩子们的监督下,我不好"徇私情"了。我让他背,他摇了摇头,意思是说他背不上。过了一会儿,他主动跑到我面前，我以为他是来背书的，谁知他比划着说他要上厕所了。真是"懒牛上场，尿屎直淌"。我觉得他变狡猾了，他可能要借着上厕所之名开溜了。我便摇头不允。他便做出很急的样子，他一急就口吃。我严肃地对他说："我姑且相信你一次，你去吧。"

我已经抱着他不回来的想法了。谁知只过了一会儿，他又跑了回来，捧起书本，低声地读。天渐渐地暗了，我也着了急，说："这样，你来读一遍给我听。"他迟疑地走了过来，我眼睛闭着，谁知过了半天也没有声音。我睁开眼，大声地说："读啊，你嗓子哑了吗？"他开始读了，声音像蚊子哼，读得很不连贯，再一问，他居然有很多字不认识。这是我怎么也想象不出来的，怎么是这样呢？他在上课时并不做小动作，究竟他在想什么呢？我心里有些火，说："明天早读课背给我听，背不上就不要来上学了。"

第二天早晨，这个大个子同学主动走到我面前，把他的书递给我，他的书不像其他同学的书，像狗啃似的，而是很新，我等着他发窘，可是这个"大个子萝卜"居然大致不差地把课文背了出来，这是我想不到的，我抬头看着这个"大个子萝卜"，他的个子的确很高，一双小眼睛里布满了血丝，不像

小先生

小骆驼了，而像只兔子了，我敢肯定他一夜未睡。早知道这样熬夜，那么，上课的时候，这个"大个子萝卜"把他的心放在什么地方了呢？

标准板书姿势

　　农村学校的教师大体可以分为四类：一类是像我这样从师范分过来的，被校长称之为有"硬本子"的教师；一类是像校长这样经过民转公而转正的"监制"的公办教师；一类是还没转正等候着指标转正的民办教师；还有一类就是代课教师，这是由刚毕业的高中落榜生顶缺的。在这其中，数量最多占农村学校主体的是民办教师，他们隐忍、勤勉，从不对生活失去希望，就像他们写在黑板上的粉笔字，一横就是一横，一竖就是一竖，从不像我那样——在黑板上龙飞凤舞地"鬼画符"。

　　与城里学校还不一样的是，农村学校的老师不要求太专，而要求全能，用校长的话说，要会"堵枪眼"。我分配来之前，校长看过我的档案，见到我们学校的教师就说："又一个'堵枪眼'的人来了，这人与你们不一样，人家是'黄继光'。"开

小 先 生

始我进校时有人叫我"黄继光",我还不理解(我还认为是嘲笑),到了第二年春天,我一下子明白了什么叫"堵枪眼"了。

农村学校一般都有忙假,学校放忙假与农活开始忙有一段时间差。民办教师工资不高,却有责任田,又是家里的顶梁柱,所以农活开始忙时他们就向校长请假。校长也是过来人,他只有批假,空下的课由他补上,由他亲自"堵枪眼"。他既能教语文,又能教数学。我第一次跟他并肩作战"堵枪眼"时,我尝到了堵枪眼的辛苦。我的嗓子坚持了两天之后开始不行了,嗓子里不停地有"顿号"出现。有了"顿号"出现也要"堵枪眼"。我曾有一次,上课跑错了教室,班长认为就是我讲课(我堵枪眼的班太多了),立即叫了声"起立",我还没让学生坐下,另一个班的班长找来了……

上课还好办,但作业太多了。还是校长有办法,校长说:"我教你一招,要'发动群众'。"校长说的发动群众就是让学生们批改作业。我有点担心,校长说:"你要相信我。"我相信了他一次,让班干留下来改作业——学生们居然很适应,批改得挺到位,一些学生还模仿我写的"阅"——把"阅"里的"兑"飞扬到"门"的外面去。

我的急性咽喉炎(为教师职业病)就这样患上了,我的嗓子说几句就要吐几个"顿号"——要清清嗓子"做干部发言状"。这是多么没有办法的事。校长经过这次"堵枪眼",嗓子中的"顿号"也多了。校长还送了我一种治疗咽喉炎的果子——名字叫"胖大海",一粒果实在水里一下子就能泡开来,像一团黑发乱在水中——这就是治嗓子的药。我喝下去,觉得什么味道也没有。嗓子还不见好,急性的也就转成了慢性的,学生学习的效果也不怎么好。我把这种忧患告诉校长,校长叹了一口气,又叹了一口气,一会儿又递出了许多"顿号"——顿号顿了好长时间,或许他想说什么,最终他没说什么。

忙假后,那些忙完的民办教师一一回来了,他们如此辛苦的目的只有一个——转正,吃上国家饭。与离校前相比,他们更瘦了,更黑了,他们仍然微笑着,在当当当的钟声中走进教室,用刚握过镰刀的手开始在黑板上写字。那是最标准的板书姿势。一横,一竖,一撇,一捺,或一点,一提,依旧端端正正,一丝不苟。

猴子不见了

　　猴子姓侯，其实叫他猴子，并不完全因为他姓侯，而是他会爬树。噌噌噌，噌噌噌，他就像猴子一样蹿到树梢上去了，真是一只天生的猴子。我曾见过他教人爬树，可被教的人总是像癞蛤蟆一样抱在树上，屁股使劲地往下坠，再向上就不能了。他教得脸上全是汗，口中骂道："真是笨死了，真是笨死了。"的确，那些想爬树的人真是笨死了，会不会爬树其实是天生的，我想他肯定也没有跟谁学过，况且他的手臂并不长，爬树用的是巧劲。

　　有一些孩子佩服他，跟随他左右；有一些孩子就不怎么服他，还向树上的他招手，下树来"架鸡"（男孩之间的一种游戏，用手盘起一条腿，然后向对方进攻）。盘腿架鸡他可不行了，只是"架"了一会儿，他就被"架"成了落汤鸡。再掰手腕，又是输，或者比赛拉簧（有个学生的哥哥参军前留下的三根拉簧），他也是输。他一输就急，扯着喉咙喊："爬树！比爬树！"提到爬树他就会孤立了，这种孤立令他非常伤感。有一次放学好久了，我奇怪一棵常绿树下为什么会有那么多落叶，再往上看，原来是这位"老先生"在上面。我不敢吓他，只好轻轻地喊他，让他下来。他下树的速度和上树的速度一样快，一眨眼的工夫他就蹿到地上不见了，像一只松鼠，背着书包的松鼠。

我曾找他谈过话，不要上树了，树上危险，他不说话，不反对也不赞成。谈过话之后，他就不再爬学校里的树了，而改爬村里的一棵大树，一有人走过，他就摇树叶，树叶就哗哗地落下来，落得人很不明白——为什么没有大风也落这么多叶？后来还是学生把这件事告诉了我，我又找他谈话，他还向我做了保证，以后再也不乱爬树了。他说这句话的时候我发现他嘴上乌紫乌紫的，我让他把手掌伸出来，我一看，手指也乌紫乌紫的，再仔细看他的衣服，尤其是裤子上，全是一摊一摊的紫斑，不用说了，他刚刚爬过桑椹树。

期中考试后，我们让学生把成绩单带回去给家长签字，这个侯同学成绩既不好也不坏，却被他家老子老猴子骂了一顿。骂就骂了，可他被骂之后就不见了。开始他父亲还以为他进了学校，我以为他在家里，待学生把我的口信捎给他父

亲时，他父亲才急急地赶到学校，脸色都变了。找了村里，村里没有；找了他的亲戚家，亲戚家也没有。我突然想起了树上，于是我们又向树上找。我们对着树喊："猴子！猴子！"（要是不知情的外地人还真以为我们在找一只猴子呢）全村人都在找，我们用手电筒朝树上照去，树上的宿鸟都被照得惊动起来。"猴子，猴子。"我们在一起大声地叫他的名字。他父亲还爬到茂密的大树上去找（真是遗传），但还是没有。村里的树几乎都找遍了，可是没有。天都快亮了，他还是没有出现。他的妈妈都以为他投水了，就哭着朝水里喊他的名字："猴子！猴子！"

最后还是一个到自家草垛前抽草烧午饭的农民发现了猴子。本来猴子的家里人已去找老先生用蓍草"打蓍"（占卜的方式）了，谁知道"猴子"正困睡在草垛里面呢，头发乱蓬蓬的，农民还真以为遇到了一只猴子呢。惊魂未定的农民在此之后不知把这故事讲了多少次，他还讲给我听过，他总忘不了说上这一句："这个猴子，为什么不躲到树上去？"

是啊，他为什么那次不躲到树上去呢？谁去问问他呢？

第五辑

寂寞的鸡蛋熟了

The Little
Teacher

踢毽子的老头

就像一个中年人怎么看也有衰老的迹象，有了三十多年的乡村学校其实也会慢慢地衰老的。

学校的衰老平时看不出，一旦到了放暑假，一批学生又毕业的时候，学校的衰老就会完完全全体现出来了。冬青树长得蓬头乱发，知了叫得很放肆，操场上的草在疯长，各种蛛网结得到处都是。

待操场上的草长有一人高的时候，校园里就多了一些瓦匠，他们是一群快要做不动的老瓦匠，由于工薪低，学校的偿付又不准时——一般要等下学期开学才有，不但如此，活儿还很碎，年轻气盛的瓦工就不愿意接这差事的，而且大部分年轻人都到城里建筑队去了，所以每个夏天，我们都会看到一些老瓦匠在我们学校做活。这些活计包括两项，一项是给旧屋顶拾漏，一项就是刷墙。

如果暑假我回学校取信,常常会在知了的叫声中看到戴了一顶旧草帽的老瓦工在屋顶上慢慢地拾漏,冷不防地,上一学年两学期学生扔在上面的羽毛球、毽子、竹竿、石片什么的就滚落下来,声音老实、清脆;还有纸飞机什么的,已经朽了,飞也飞不起来了。

没有收拾干净的屋顶与收拾好的屋顶是不一样的,有点像梳头与不梳头的分别。有一次我看见一个老瓦工从吱吱叫的竹梯上走下来,捡起一只掉了毛的毽子踢了起来,他边踢边自言自语,踢不动了,踢不动了。其实他踢得挺好的,是个行家。

拾完漏,他们就用一根竹竿把竹帚绑在上面,然后又和石灰水,用扫帚往墙上刷石灰水。刷一下,蘸一下石灰水,又刷一下。那些坏了角的裂了缝的还有许多学生涂了鸦的墙壁就刷黑了。不过这不要紧,上午刷过石灰水变得湿黑的地方下午就变白了。一座教室就慢慢地亮堂起来,有了新教室的样子,只不过多了石灰水的味道——一直到开学,石灰水的味道都会和粉笔灰的味道一起直冲孩子们的鼻子。

夏天的维修可真是一个漫长的过程,老瓦工们一件一件地忙着,他们有时还说说老校长的坏话。他们说老校长鬼得很精得很,不过他们仍佩服老校长的,说老校长是村里第一号秀才，说着还竖起了大拇指。他们说只能这样了，乡下锣鼓乡下敲，没钱盖新的就这么将就着修修补补吧。

夏修之后的校园里（不包括全是草的操场）到处是石灰水洒滴下的白色斑点，弄得整个校园像一只巨大的梅花鹿，梅花鹿躲在草丛中等待开学的孩子们。到了九月份开学，孩子们就走在梅花鹿的身上，梅花鹿什么话也不说，只踩了一天，梅花鹿身上的白斑点就变黑了。

那些捧着新书的孩子们很兴奋地闻着新书的芳香，似乎谁也没有发现，我们的校园又崭新一些了。或许他们早知道了，但他们不说，而用嘹亮、清脆的童音来填满这座饥饿了两个月的乡村校园。

钟鼻子、倒计时

　　铜钟开始是系在榆树上，钟鼻子上的钟绳当然就系在树干上。风一吹，树枝就晃动，春天时还会有榆钱荚纷纷落下来。可是钟、钟鼻子、钟绳都不会听风的指挥，它们都听黑脸总务主任的指挥，而黑脸总务主任又只听长了两只大耳朵的老闹钟指挥，两只大耳朵又只听一只大公鸡指挥，大公鸡在闹钟的玻璃盖后面啄着怎么也啄不完的大米。啄一下，一秒，啄一下，又一秒，仿佛时光全是它啄走的。有一次我替黑脸总务主任值班，他的总务室里一片幽暗，公鸡啄米的声音显得特别空旷。这样的时光流逝令我惊心、动魄，时光是不是这么逃走的？真不知黑脸总务主任怎么忍得住这公鸡啄米的声音。

　　后来榆树往上长，钟绳也跟着越来越长。一些个子矮的老师就无法打钟（我们每个教师都会打钟的）。可钟绳长了学生就会乱打,有些农民也会窜进来打一下。当——当——当。黑脸总务主任就把铜钟移到我们办公室外的走廊上,钟绳系在廊柱上,这样打钟就好打多了。当——当——当。钟绳牵动钟鼻子,钟鼻子敲着钟身。钟身震出钟声。当——当——当——当当。我们的耳朵里全是看不见的半圆之弓,箭已射了出去,而那圆依旧漾着。当当——当——当。

大耳朵的闹钟里的公鸡也知道有啄饱的时候,有一天它终于垂下头不动了。黑脸总务主任差点误了下一节课,好在有个上课的老师自己跑出门外打了钟,这可是前所未有的事。总务主任只好提着闹钟到乡里去修,后来又提回来了,公鸡仍然不肯啄米。总务主任卖关子似的向我们晃出了手腕上的手表,这花去了半个月的工资,他边晃手表还边说,狗眼看人低。看得出他遭到了乡里那个瘸钟表修理工的嘲笑。可是钟、钟鼻和钟绳都不太喜欢手表的指挥,或者说,手表里的声音太小了,小得让人心慌,听不见。黑脸总务主任还是误事,最后,他只好自己把那个已经睡了近一个月的老闹钟又拖出来,还用心拆下一节它,那几天他的脸很黑,待他的脸重新亮起来的时候,公鸡又开始啄米了。

我们隔壁班的有个学生有一只电子表,这是他亲戚送的。这在当时是很时髦的事,电子表没有时针,没有分针,也没有秒针，只有日子在上面不停地跳，跳得人眼花缭乱。不过这电子表很准，比公鸡啄米的钟准。公鸡啄米的闹钟自黑脸总务主任修过之后"有点神经"了（黑脸总务主任的话），总务主任打钟还是看手表（我也戴起他的大手表）。总务主任的这手表与学生那电子表相比，一个是中山装，一个是西装。"我就喜欢中山装。"这是总务主任的话。有一次我还看见那个拥有电子表的家伙主动找黑脸总务主任校了分秒，这让黑脸总务主任很骄傲，其实他不懂，这正是那些"小公鸡们"的诡计。

他们的诡计是在有一天上午第四节课完成的。那个班上午第四节课是自习课，开始纪律还好，可是到了最后十分钟，我听见隔壁班的学生一齐在喊"10、9、8、7……1"。当他们喊到"0"时，我听见钟声当当当地响了。可以想象出黑脸总务主任用力拽打钟的神情。他有节奏地一拽，一松——当；再一拽，一松——当。

黑脸总务主任过去敲钟是很自豪的，因为他的钟声不仅是敲给学生们听的，而且还是敲给村上人听——比如第三节课的钟声就能唤醒村里长长短短的炊烟。可这次不，黑脸总务主任肯定听见了那些孩子喊的倒计时，那天下午我看见他的脸更黑了。

第二天，黑脸总务主任和我就躲在教室外面等那些"小公鸡们"喊，果然在第四节课要下的时候，那些小公鸡又跟着那个有电子表的学生一起喊了"10、9、8、7……1"。本来他们以为铃声要响了，可他们一起喊到"0"时，外面的钟声未响。小公鸡们一下子都静了，而后又叽叽喳喳地议论起来。那个戴电子表的学生说："黑老包的破表要换糖了。"他的话没说完，黑脸总务主任就和我一起走进了教室。这时，校长拽响了钟绳子，钟绳子拽着钟鼻子，钟鼻子碰着钟身。校长敲的钟比黑脸总务主任敲的更加急促，像一队急行军的钟声，快速地又气喘吁吁地跑向了田野深处。

幸福的牙祭

　　黑脸总务主任喜欢树是出了名的，谁要敢动他的树，他会像地雷一样爆炸。校园里的树也为他争气，长得都不错。槐树花开的时候，黑脸总务主任就开始打槐花，他还不让别人打，别人打是瞎打一气，树叶树枝一起往下打。所以他亲自上阵。槐是钉槐，树枝上有很多刺，他宁愿手上被刺伤也不用竹竿直接敲。有人说他心软，他说："错矣错矣。"

　　错在哪里呢？他不说，我们就不知道了。

　　槐花米打下来的时候像大大的逗号，而阴干之后就像小小的句号了，但那个香啊，香得我们不肯丢碗。我记得那时学生们总是弄不清"的地得"的用法，我在黑板上举例就这么举："食堂里的槐米是主任常常辛辛苦苦地采下来的，槐米粥香得我们不肯丢碗。"

　　这样的教学法很乡土，土是土些，但管用。

本来学校要新建两个教室，必须砍下一批果树，清出一块空地。总务主任舍不得，还有，这些杂树中有一棵野核桃树。这是谁栽的？谁也不知道谁栽的。不过没有结过果。总务主任自己就花大力气挖核桃树根，然后又用绳子把核桃树根扎起来。核桃树移成了，也就开花了，结果了。

这棵核桃树的秘密还是被眼尖的同学发现了，野核桃树不太好爬，学生们可不怕，他们就用泥块向上扔，还用砖块扔，蛮危险的。有一个值日生，还趁没人之际，用手中的扫教室的扫帚往上扔，核桃没打下来扫帚倒扔挂到树枝上去了，最后他急得哭了起来。

这真是多了一个事了，还不如直接砍掉算了呢。黑脸总务主任每天都在核桃树下转来转去，打核桃的人少了，我还是发现有少数学生在敲打条形状的野核桃。真是老虎也有打盹的时候，学生们是趁总务主任吃饭的时候。只要听到总务主任如雷的吼声，就证明他又逮住了一个打核桃的学生。他吹胡子瞪眼睛，恨不得要把那些学生吃下去。我们说："你可不要把小孩吓坏了。"他说："我怕他们的砖头没砸着核桃反而砸着了他们的头呢。"真是活生生的刀子嘴豆腐心呢！

核桃树叶往下落的时候，黑脸总务主任找来一只竹竿，一颗核桃、一颗核桃地往下打，居然装满了两竹篮。核桃最

后由总务主任分配了，一个班分二十颗。这是多么难分的数字，他把难踢的皮球踢给了我们。我们教师不要，他说："你们笨死了，好办，分单分双，反正你们也是跟班走。"

我们的学生就分成了两派，吃过核桃的和没吃过核桃的。奇怪的是，学生们都愿做明年吃核桃的人。可能是总务主任放出的话起了作用，他很肯定地说明年核桃还会结得更大，像鸡蛋那么大。

学生们就相信了，其实到了第二年，核桃实际上还是那样，但学生们都一致认定总务主任的预言是正确的。野核桃是长的，像油果子一样，不过味道奇香。

我听见了月亮的桨声

所谓"三里一乡风",我信,因为一个乡村学校也有一个乡村学校特有的烙印。比如我们学校那些鼻涕虎的学生都会张口唱:"蓝色的天空像大海一样,广阔的大路上洒满阳光……"这个曲子很老很老了,叫《青年友谊圆舞曲》,不用说,都是我们白头发的校长兼音乐老师用一架快塌了木板的旧风琴教会的。比如我们学校老师都会用扑克牌玩一种很复杂但很好玩的"捉乌龟"的游戏,那是一个雨夜,黑脸总务主任兼打钟工兼油印工用半个小时将我"速成"会的,而其他学校老师任我怎么推广也不会。

我遇到我的师范同学时,我的师范同学都说我变了,开始我还不相信,后来我才明白由于我的乡村学校,是它赠与了我榆树一样的性格,并学会了只在我们乡村学校才流行的俚语和特指的除了我们学校教师才明白的自制的歇后语。

小先生

和那些老师一样，我口袋里也学会带一方很大的方格手帕（用来替学生揩鼻涕的）；我不仅学会了打钟（钟绳和我的年轻的身体随着钟声一起激荡），而且学会了掂着没有了托板的钢板往蜡纸上誊刻试卷，还学会了没有钢针笔用废圆珠笔刻试卷；上课前我学会用一只工人用来盛午饭的大搪瓷缸子倒上一缸子茶上课堂（这其实是师生共饮的，防止学生去喝河水），我还学会了如何节省粉笔，尤其是彩色粉笔，我会节省地用大拇指让最后的粉笔头在剥了漆的黑板上抹上隶体的一横；我还和所有瘦得如老驴的其他老师一样喜欢吃红烧肉了（师范时我最不喜欢吃肉）……只有一点不同，老教师们的眼睛都很好，都不是近视眼，而我则是个近视眼，还不喜欢戴眼镜，老教师们往往指着操场上，问我："操场上是三只鸡还是四只鸡？"当然，他们更多的是关心，他们实在想象不出近视是什么滋味，在黑夜里走路时他们竟认为我肯定一点也看不见了，争相扶着我走，还一路提醒着我……

就这样，我学会了他们晚上出门家访的习惯。我最喜欢的是月光下的家访，我不打灯笼，不提火把，也不带手电，月光照着我从一个村庄走到另一个村庄，与那些劳作了一天的农民谈一谈他们的孩子，农民们一口一个先生先生地叫着，叫得我心里很不安。老教师们说，要每家每户都跑到，都要给予鼓励，否则乡亲们认为你漏了他家是因为他的孩子一点希望也没有了，因为先生都不愿意上门来呢。

夜访回来，草上已经有露水了，月光下我谢绝我学生的送行，怀着一颗喜悦的心在田埂上走着，身边有蛙鸣，有油蛉子的叫，有蛇叫，有逛来逛去的萤火虫，月华如水，我不时仰头看月，月亮素面朝向人间，这是一位未语先笑的佳人啊！

有一次，我在月光下回宿舍，月光的幻觉加上我的近视眼，使我认为前面是平地却不料是泥洼。我一下子陷了进去，好不容易把腿拔出去，却把鞋子陷在了里面，我又不得不下泥洼里去摸鞋，待鞋子摸出来时我的双臂双腿全是泥……

这是我记忆最深刻的一次家访，记得那天月亮是哈哈笑的，我真的听见了月亮的笑声，清脆、爽朗，笑声就是环护月亮周围的宝石一样的星星。

乡亲有礼

每天清晨，我总是沿着我们学校外的防洪堤跑步，防洪堤下是乡亲们的棉花田。乡亲们是起得很早的，每天我在堤上跑步时，他们已低着头在棉花田里"打公枝"（一种给棉花去枝的农活，棉花不开花的枝条叫公枝，公枝生长快，消耗养料多，抑制果枝生长，影响蕾铃发育，同时造成棉株下部通风透风差，易生病虫害，使蕾铃脱落，所以应及时去掉）和用喷雾器给棉花施农药。他们肯定听见了我的脚步声和喘息声。在晨曦中抬起头来的他们，像盛开的向日葵。

一位乡亲说："小先生还要跑啊，头上都出汗了。"另一位乡亲说："你懂什么，这叫锻炼，就是要出汗，出了汗才有效果。"那位说话的乡亲嘿嘿一笑："哦，哦，那还不如和我们一起'打公枝'，一会儿就出汗了。"乡亲们肯定是说着玩的，可我却无言以对，感到有点惭愧。我迎着初升的太阳往回走，我真正明白了"劳动"和"锻炼"有多么的不同。

　　我很喜欢看乡亲们的眼睛,这些朴实的农民遇到我们这些做老师的总是真诚地微笑着,先生先生地喊,眼睛都眯成了一条缝。我觉得他们的目光是这世上最充满期冀的目光,他们把所有的希望都交给我们了,还说,孩子不听话就当作自己的孩子打。我忙说不能打的,不能打的。谁知他们就惶惑起来,满脸的狐疑,如果我们不答应这件事,就是不对他们的孩子负责任似的。

　　朴实的乡亲们也时不时给我们送礼,他们送礼都是悄悄地来,悄悄地走,送的都是家里的土特产,如刚生下来的红皮鸡蛋啊,还散发着稻汁香的糯米啊,才出水不久的鱼虾啊。他们总是说,让先生尝尝鲜,尝尝鲜。这些礼退是不能退的,每一次退都好像跟他们打一次架,他们总认为送礼给先生理所当然,他们还说以前先生还到他们家吃派饭呢,就当作到他们家吃派饭吧。

　　可我总觉得受之有愧。有一次,有位家长送给我一只鹅,结果这只鹅嘎嘎嘎地谴责了我整整一夜。

　　又有一次,一位家长送给我一蛇皮口袋山芋,他动作很快,一倒就走,那时我正准备给他倒茶,待我回过头来时,

小先生

他已经不见了,而那些山芋就在我的脚边滚个不停,直至半夜了,我仍然觉得那些红皮山芋在我的心中滚啊滚的,滚个不停……

光屁股的少年

"过年过年，花生和钱；不要不要，朝裤兜里一倒。"这是孩子们渴望的寒假中的最高潮：过年。

一年的快乐能与过年相比的只有暑假了，寒假能把一个孩子变成"花白果"样，而暑假能把那些目光清澈、彬彬有礼的学生们变成一群黑泥鳅。

那个暑假开始我一直没有见到我的学生，一旦见到，第一个学生就是我们班的班长。那是暑假开始后一个月的事了。我们班这个班长是我选定的，他不太像我原先在城里实习的那个班的班长。城里的班长都是一些小老师式的，能说会道，有魅力，有能力，而这标准对于乡村学校只能是苛求，教材指导法在乡村教学中根本不适用。我选了一个比较老实本分成绩又好的学生做了班长，这样的班长要放在城里只能算作是学习委员；而在我们学校，他能算得上楷模，他完成了我

所要求的班长的职责，课间操时他还负责领操，负责升国旗，收国旗。有一次下雨，他在雨中收国旗，升国旗的绳子可能由于被雨淋湿卡住了收不下来，我的小班长依然仰着头收国旗，雨水把他淋得精湿，他仿佛是那个雨中引雷电的富兰克林。

就是这样一个小班长，我在暑假里见到他时，他正和一群孩子从一棵斜生在河面上的杨树上往下跳，而他身上一根布纱也没有，真是一个活脱脱的小泥鳅！我本想站在那儿悄悄看他游一会儿，后来，他可能在河上看见了我，就扎猛子下潜，我只好笑着走开了，我怎么也不能把我的班长和这个光屁股的小泥鳅联系在一起。

更有意思的是我们班的小个子，他排队总是排在最前面，课桌也在最前面，然而我在暑假里再遇见他时，他已经蹿得很高了，仿佛换了一个人似的，如果说过去他是一只胆怯的小兔子的话，那他现在就是一只害羞的小羚羊。我还遇见了我们班其他的孩子，那个调皮大王正和他的铁匠父亲在一起打铁，他居然抡大锤，与他父亲手中的小锤一起敲着，叮叮当当的，敲得一丝不苟，敲得聚精会神。

我还遇见了一个偷瓜的孩子，那也是我们班的学生，好在种瓜的说："你看你老子是怎么教育你的。"在他还没有说出"你们先生在学校里是怎么教育你的"这句话时我赶紧逃走了。

最有意思的是，我在乡里集市上还遇见了几个卖螃蟹的黑少年，螃蟹是用芦草扎的，一串一串的，分明是他们从螃蟹洞里掏出来的——不知他们有没有从类似蟹洞的蛇洞里掏出蛇来。这些胆大的少年一见到我，个个像黑猫一样溜走了，有一只螃蟹没有带走，他们为什么不把这只螃蟹扎到蟹串上去呢？我又不好问什么，那螃蟹在面前吐着不服气的泡沫。

多有意思，暑假仿佛是另一扇大门，我的学生进了这一扇大门后就换了一身羽毛，他们飞的姿势叫的声音都不同了。不过他们有一点没变，他们变得更加害羞了，这一点可以从九月份开学时得到证明，暑假这个魔术师把我上学期刚刚在教室里"捂白"后的学生又变成了黑泥鳅样的孩子，他们似乎全身都是泥水，而要洗去他们身上的泥水，就必

须在第一堂课给他们套上笼头,用他们家长的话来说:"先生,请你多把他一点。"这个"多把他一点"就是"严厉一点"的意思,必须让他们收收心了,用知识的河水洗去他们身上的泥水了。

所以在第一天上课我就有意把两节课连上,第一节课黑泥鳅们还可以,到了第二节课时间,很多孩子的屁股就坐不住了,仿佛凳子上有针戳他们似的。我没有松懈,为了收拢他们的心,我又让他们静下来写《新学期的打算》。

这些孩子还议论了一会儿,看到我不苟言笑的样子,他们只好把头低下去,然后就奋笔疾书,我的班长一口气写了十个打算。其中有一个打算竟然是"我保证不再不文明"。

我开始还看不懂,后来终于想起了他光屁股从杨树上往下跳的样子,那激起的水花又一次在我的心中清晰地响了起来,涟漪越来越大,扑向河岸……

哦,我的黑泥鳅们!

光屁股的少年

春天第一页

　　我所说的春天第一页是指开学后的第一天。学生们都说，每一学年的第一学期长，而过了年后的第二学期则短得多。这其实是错觉，我告诉他们，应该是一样长的，不信可以掰起指头算算。学生们开始还不信，后来算了，算来算去，真是差不了几天的。这些孩子，没过年时掰着指头盼过年，过年只是一眨眼工夫，之后又是春天，而春天是什么，春天是他们墨黑墨黑的头发丝中的晶亮的汗珠，沁得快，消失得也快，留下芳香的诱人的汗腥味儿。

　　这一点可从操场上的土质来证明，冬天的土质是坚硬的，拒绝式的。而过了正月，初八初九开学报名，穿着各式各样的布鞋的孩子踩到操场上的感觉就不一样了，每一双小脚挪开，操场上松软下来的土都记录着新鞋上密密麻麻的针脚呢，调皮得很。我有时候就喜欢与孩子们的小脚印平行走着，大脚印追赶着小脚印，怎么也追赶不上似的。哦！春天！春天！

捧着刚发的新书的孩子一边吵着，一边说"书真是香"。书怎么能不香呢？不一会儿孩子们如潮水般退去了。我却遇见了一个"搁浅"在操场上的孩子，他愁眉苦脸地看着不远处。我抓住他，怎么啦？怎么啦？他不回答我，看着书，又叹口气。我知道这个孩子心里在想什么：啊，又要上"紧箍咒"了！我笑了笑，拍了拍他的肩，他的肩往下一沉，抱着新课本歪歪扭扭地走了。我真是想笑，憋了一个冬天的心一下子晴朗了。我的操场上布满了大脚印、小脚印，像刚播种下去的种子。我看了一会儿就往回走，刚才不远处的草垛还戴着残雪帽子的，怎么一下子就不见了呢？潮湿湿的草垛顶像是刚哭过似的。

我也领到了新教科书。我在新教科书的引导下写了第一份备课笔记。办公室里静悄悄的，一个春节过下来，连办公桌们也知道长高了。我看见不远处的草垛顶上有一群孩子在滑草垛。草垛怎么又变矮了，有点不像草垛了。这些顽皮的孩子只要没人打扰他们，他们会玩个半天。经常有学生在开学第一天就站到我面前，带着哭腔："先生，我的新书丢了。"他们的新书哪里是丢了，而是也"躲"进草垛里捉迷藏了。

所以，每个新学期开始，我会收到不少拾书不昧的女生发现的无主的书本。它们被送到我这儿来，我也不知道是谁的。它们还没来得及被主人号上自己龙飞凤舞大名时就被主人弄丢了。开学第一天，春天第一页，我和我的学生都有点羞涩。过了一年长一岁哇。我们都长了一岁。教室长了一岁，黑板长了一岁，课桌也长了一岁，连那个歪了头的树也长了一岁，那座稻草垛同样长了一岁。

下午，我把水缸里的水泼到操场上，清冷冷的水一下子就涌向了那些脚印，这些大脚印怎么一点也不知道躲开呀！这是两岁的水啊，两岁的水扑向了一岁的小脚印。"当两岁的水遇上一岁的小脚印……"这是一句诗呢。我挑着担子开始到河面上担水。清清的河面上泛着青青的鱼鳞，它们也刚刚开学。我让新鲜的刚开学的水注入我的水桶，随后，又注入一桶。

黄昏就来临了。还没有来电。我点亮了我面前的罩子灯，就在灯下看了一会儿书，就困了。又一天了，又一年了。我在梦里梦见了什么？外面起大风了，浩浩荡荡的春风，就这么吹了一夜，而我心中的忧郁都吹走了。

早晨起来，风好像停了。操场上平平整整的，那些大脚印小脚印都跑到哪里去了呢？我再看看打谷场，打谷场上空荡荡的，似乎少了一些什么。肯定少了一些什么。草垛被刮走了。我看到背着洗得干干净净书包的学生们蹲在打谷场上，他们肯定不明白，草垛到哪里去了呢。

它们肯定是飞走了，是自己飞走的，就是不能说出来。让孩子们自己去想吧。我中午到打谷场上看了看，蹲草垛的地方又有青青秧苗了呢，一定是稻草中没打完的稻种干的好事。

春天第一页，孩子们在教室里叽叽喳喳的。个个坐在去年的位置上，不过位置要重新排啦。去年男生坐在前面的，过了年，那些小男生明显个子高多了，一个一个地蹿上来了。

我想，这学期可以男生与女生混着坐，再过一年，小男生们会蹿得更高，也不太肯与女生同桌了，男生们纷纷往后移，女生们都移到教室的前排来啦，真像是在春天里，绿草地上的一群花朵故意挤到了人们的眼前！"你们看，你们看，这就是春天！"

小先生的麻雀头

　　上师范时,我的发式是那种忧郁的长发,而实习时,我的老师让我们每个男生都必须剪短头发——为人师表嘛。实习是在五月和六月,我被剪了头发,过了七月和八月,还没长到我最初那么长的头发。我看镜子时,怎么看也不自在,再后来,我就分到了乡下。到了乡下,我第一次理发,已掉得没几根头发的老剃头匠把我的头发推得更短。后来我看镜子,竟有了我童年时马桶盖的影子,仿佛兼有电影上那些汉奸头的味道。他们说这是麻雀头。

　　理了发的第二天,我是低着头冲进办公室的,没想到我的头发却赢得了老教师们的赞美,他们说,还是这种发式顺眼。我真有一种落水的感觉,全身湿漉漉的,嘴巴里鼻子里全是说不出滋味的泥沙。好在这尴尬只是一会儿,我那时很年轻,刚十八岁,让我快乐让我忧伤的事情多着呢。我很快就接受老剃头匠的手艺了。

我头发长得很快，不出二十天就感觉长得很长了，就要去理发一次。那个老剃头匠每次剃完我的头时，总是喜欢拍拍我的后脑勺说："哇哇，这么大的头啊，难怪这么小就做先生了。"

看着剃头匠把我浓密的头发掸到地上，老剃头匠还说，好头发好头发。我个子小，在二十岁之前没有刮过胡子。二十岁第一次刮胡子就是那个老剃头匠替我刮掉的。后来我的胡子就在他的剃须刀下越刮越密，也越长越硬。日子也越过越粗糙，越过越坚硬了。

有一次我翻到我在师范时的毕业照，黑白照片上，那么稚气十足地看着我的那个少年明明是我们班的某个学生嘛。我真的像一个乡下榆树了。我带着古怪的发式（我早已见怪不怪了）去见我城里的同学，我的同学很吃惊，他很怪怪地看着我的发式，最后他抿了抿嘴，说，真有怀旧之风呢。

我的榆树脾气上来了，怀旧又怎么样？我的同学笑笑，没有和我争辩，他在让着我，我估计他在心中暗笑了。

我的同学没有到乡下来生活过，他来自城里又分到了城里（这在我县叫做"一刀切"的分配政策了）。他到乡下看看就会知道什么叫物以类聚。麻雀们从天堂中看我们，肯定是觉得我们学校，我的学生以及我们那些老先生的发式是一样的，麻雀头！麻雀头！这麻雀头只不过是白与黑，稀与密之分。或许这就叫做乡村生活的烙印。

放学后，我经常站在泥操场上的领操台上，眺望田野，那些突然冒出来的麻雀头——那一定是我的学生，或许就是我，在田野里捡拾童年呢。这么一想，一股难言的清流涌到了我的心头。什么叫生活？生活就是用汗水把我的目光越洗越清晰。

老剃头匠已经老了——他怎么一下子变老了呢？他早已带了一个小徒弟了（是我过去的学生）。他让这个徒弟替我剪头，他给我剃头时，连呼吸都是小心翼翼的。日子过得太快了。小徒弟的手艺不错，他剃的发式也是麻雀头。我忽然听见他叫了起来："先生，先生，你头上有白发了呢。"我有点不相信。我说："你拔下来我看看。"这个小徒弟就把我头上的白发拔下来了。白发银光闪闪，这可是我头发中最先衰老的居民。我鼻子有点酸，不过我还是忍住了，我看到老剃头匠那面印有"毛主席语录"的老镜子里我接过了一枚"银剑"——我笑了笑，我带回去正好用来做书签呢。

走出剃头店，有在校的学生向我打招呼，灿烂的笑容一下子把我心中的初雪融化了，一股清泉在我的血管里畅快地跳动着。我的新剃的麻雀头带着我快速地向学校走去，我觉得我的乡村学校从未有如此的亲切。我想起我进校时自我介绍，我说我姓庞，庞大的庞。老先生们都笑了："庞大的庞？怎么生得这么小？还是叫小庞吧。"

"小庞"，现在还能叫小庞吗？

白发就像初雪，惊心的初雪，惊心的凉……

下第一场雪的晚上

这三只蟋蟀是什么时候搬进我的只安了简易木门的书房的？

我的小书房外便是学校的泥土操场，整整一个暑假，操场上就长满了各式各样无组织无纪律的草（为什么卑微的草都不需要耕耘播种——这是一学生的问题），草们很高大。

到了开学，学生们最初几天的功课便是劳动：拔草。草被拔出了一堆又一堆，有的草扎根很牢，学生用带来的小铲锹要围剿很长时间才能围剿完。各班把草统一抱到校园的一角晒，晒干了正好送食堂当柴烧。

晒草的某一天中午，我捧着新发的教科书回到书房里去，我突然被一阵浓烈的草香味打中，有时我简直不能自持。草怎么这么香啊！我估计，我书房里的三只蟋蟀就是在学校组织拔草时搬到我这儿来的。

我的小书房里堆放着各式各样的纸。以前的备课笔记，学生的试卷，练习簿，班级日记，花名册，报纸。还有我这么多年像燕子衔泥一样从外面邮购来的书（我买不到我要的书），我不知道这三个小客人居住在什么地方。那天晚上我刚用眼神浇完了书（朋友来信说："眼神像浇花一样……"），我用水壶给我的晚饭花浇水（这是春天时老教师给长得太密的小晚饭花间出来的苗）。此时晚饭花的开放已到了高潮，这与校园的晚饭花有了呼应，晚饭花香越来越浓了。

　　这时，我听见我书房里的蟋蟀一只又一只地叫了。开始我还不知道有几只，我的耳朵里全是它们的歌声，像是重唱，又像是回声；后来我听清了是三只，三只蟋蟀在伴奏——这是秋天对我的奖赏！而我，则是这无词曲的主角。我想起我的童音颤颤的学生们，还有头发越来越白的老同事们……

　　我在蟋蟀声中读完了《我爱穆源》《三诗人书简》等一些可爱的书。我的三个知己还陪我读完了一本叫《寂静的春天》的书，想想现在，可以叫做《三重唱的秋天》。不知我分在城里的同学还有在城里生活的朋友们有没有此等福分。

　　天越来越冷了，外面操场的蟋蟀已经不歌唱了，晚饭花也越开越小了，它的球形果实像串珠一样在秋风中滑溜溜地滑到草丛中。而我的三只蟋蟀还在歌唱，我真的希望，我的这三个没有谋面的朋友，能陪我度过这三重唱的秋天，越过这三重唱的秋天。

前段时候，我向我的老师诉说了我在乡下的深深的苦闷。我的老师回信说："里尔克有句诗叫，'有何胜利可言？挺住就意味着一切……'"我多想把这句话送给这三只蟋蟀，送给我身边的这些书本……

我突然想到，假如我有一天离开这个世界（死）后，我的书会去哪里呢？会不会散落各方——我那么年轻，居然那么伤感。我在乡下见过许多离开主人后面目全非又不被珍惜的书，这是多么没有办法的事。这个问题时时弄得我泪流满面，我裹紧了那已掉了五星纽扣的黄大衣，那个晚上可真静啊，静得我内心一阵喧嚣又一阵喧嚣。我的三个蟋蟀朋友也感应似的哑了口……而外面的冷气一阵又一阵袭来……

我向外一看，外面，正静静下着今年的第一场雪呢。

流　萤

　　我对乡村的生活终于有点厌倦了，总是想从这里走出去（为了跳出去），有一年暑假，我异想天开地想考研，为了复习迎考，我就索性住到了学校里。夏天的夜晚，乡亲们把家里的灯熄灭，把门打开出出暑气，然后就摇着蒲扇走出户外，寻找纳凉的地方。有一些人会到村头的水泥桥上，有的人会挤到村长家二楼的水泥平台上，有的人就索性撑船搬到了河中央……而我和我的学生有一个秘密的纳凉之处，那就是学校操场中央的领操台。

　　领操台是青砖砌的，所以很凉爽。没放假前，领操台下站着的是一大群露水一般的孩子；而到了暑假，领操台下满是不听话的草。晚上草丛中蟋蟀蛐蛐油铃子都在拼命地叫，像一堂纪律不好的晚自习。萤火虫则像是一个又一个奸细，鬼头鬼脑地飞。少年们都围着我，听我讲故事。他们大多是那些成绩不太好的学生，但他们似乎忘记了我在上学期对他们的种种严格惩罚。我们赤着膊，坦诚相见，蚊子肯定是没有的——因为早有少年弄来了夏收时储存下来的"麦稳子"（麦壳），然后用火点燃，"麦稳子"就慢慢地燃烧，烟弥漫开来，这是熏蚊子的一种好方法，在旷野里灭蚊效果比蒲棒还好。一阵凉风吹过来，又一阵凉风吹过来，夜凉了，我们全身都凉下来了，摸摸头发，头发都有露水了。

少年们来我这儿，除了听故事，还有一个项目就是烤知了。他们每天晚上都能将白天采来的很多知了带过来，然后把这只知了埋到燃着的"麦稳子"里，故事讲完了，知了也熟了，熟知了就像烤羊肉串，一样的香，一样的脆。到了白天我嘴里还有余香。

白天的时候我在小屋里安静地看书，那些少年不来打扰我，但知了却在树丛间不屈不挠地打搅我。知了——，知了——我面前还有很多书要看完。但有时知了声就这么突然没了，突如其来的寂静令我清醒过来，我的学生把讨厌的知了捉走了。

后来我向他们讨教了捕知了的方法，一般说来有两种方法，一是用一把生麦子放在嘴里嚼，嚼到最后就是黏性很强的面团。一个是把芦苇秆的头折叠成三角形然后去与蜘蛛"抢夺"蛛网，在破坏了无数只蛛网之后，三角上就布满了能够粘上知了的蛛网。每天晚上烤熟的知了很多，白天乱叫的知了也很多，谁也说不清为什么。

有一天，瘦校长忽然推开我的门，他穿着背心的样子很滑稽。校长严肃起来（他严肃起来就是坐得很端正）："人有脸树有皮，做先生就得修个好名声，你知道村里人叫你什么吗？"

我当然不知道。校长说："村里人都叫你'好吃先生'，那些孩子为了你吃的知了每天身上都被'洋辣子'辣伤……"

校长还在说什么，但我的身上像是全身都爬满了辣人的洋辣子，耳朵里像是有一只知了在拼命地叫……

委屈，差点让我流下泪来。

当天我就离开学校回家去了，我没有告诉那些孩子。家里的夜晚也很热，我就走出屋外，想想自己的命运和苦闷，总是想得头疼。我想得最多的，还是那些正在领操台上纳凉的少年们，想着想着，一颗颗流星就从天幕上掉下来了，像"麦稳子"堆中的火星一闪一闪的，而那乳白色的银河就像是麦稳子堆上盘旋直上的一缕青烟。

乡村足球事情

　　还记得第一次在师范里接触足球，我还穿着一双松紧口的布鞋，正在操场边走，一只黑白相间的足球就朝我滚了过来，在操场上光着上身踢球的几个高年级同学就招呼我把球踢回去。我很兴奋，看着那几乎不动的足球，用力一踢，只觉得足球好重，足球是踢回去了，而我却崴了脚，一拐一拐地走了好几天路。我脚好了之后，就开始学踢足球了，就这样，上了几年师范，也踢了几年足球。

　　我还苦练过倒挂金钩，竟也学成了，不过在比赛时从未用上过。球飞来的时候，我慌得连头球都顾不上了，还用手去抓，一抓就犯了规，手球！还罚任意球。罚多了，同学们就不带我上场了，有时我恨不得把双手捆起来上场。

　　临毕业时，同学们把那只我和同学们一起合买的足球放了气，送给了我，让我带回家。待我到了分配的学校后，我心凉了半截，本来准备独享足球的，不知道学校中连半个足球场也没有，上面还坑坑洼洼的，像是我抠完了青春痘后的面颊，寂寞中有一种别样的疼。

乡村学校也有一些球事，一只胶皮篮球在破篮板上弹来弹去。在补丁处处的水泥乒乓球台上嘚嘚嘚乱响的乒乓球。破了网又补好了的羽毛球。后来还有了牛皮篮球。我发现学生们玩得最多的是弹玻璃球——闪烁着异彩的玻璃球在泥地上追逐着，嬉闹着，最后都咕噜咕噜滚到了前方一个用手指抠出来的凹坑里。

有一次我还蹲下来看他们斗玻璃球，玻璃球们滚啊滚啊，刚才还闪闪发亮的玻璃球一下子就成了泥球了。孩子们全神贯注，一点也没有留意我在观看，待他们一抬头，都愣了。这也是一群泥球啊，还拖着鼻涕……看着他们愕然的样子，我咯咯咯地笑了起来，这些泥球就在我忘情大笑时都快速地"滚"走了。我的眼泪快要笑出来了，我又想起了那只"饿"了多少天的足球，我来这个学校多少天了，它还没有享受过那欢乐的笑声、叫喊声与晶莹的汗珠酿成的青春佳肴。

那些玩玻璃球的学生在下午上课时总躲着我的目光；而我在那天下午却找了个理由与校长吵了一架。校长笑眯眯地看

着我吵,直至我把眼泪吵了出来。校长可能看穿了我,说:"实在寂寞,就听听收音机吧。我是很喜欢听收音机的。"

校长喜欢听收音机中咿咿呀呀的淮戏,而我则是喜欢听收音机里中央人民广播电台的体育节目。每当运动员进行曲响起的时候,我寂寞的心就像那不安分的足球在凹凸不平的泥操场上滚动啊滚动,一会儿被撞了弹跳起来,一会儿又落了下去,好久也看不见它,再过一会儿,它又在泥操场上滚动起来。

第三年秋天,我们学校分来了一位师范生。这个师范生肯定也对这样的乡村学校失望,他对我说:"我一定要再考出去,就要考研。"我们很谈得来,谈到最后才知道他还能踢得一脚好足球,于是我又把那只饿了多年的足球找出来,用打自行车的气筒打气,我摁着气嘴他打气,好不容易才打了个半饱。球就这么踢了起来,很多学生在放学后都不回家,看着我们在泥操场上对跑着传球。

传了一会儿球,我们又开始朝教室外的一面山墙上踢球,只踢了几下就不敢再踢了(山墙太朽了,不停地掉灰)。最后我们只有一对一地打,但一对一地打还是兴奋不起来,气喘吁吁的。用校长的话来说,我们有点吃饱了没事做。

就在我们要放弃这种游戏时，一个胆大的学生加入了我们的队伍，我们开始三角传球。学生个子小，我们三个人踢球有点像两只老鹰带着一只小鸡在踢足球。再后来踢足球的学生多了，我们就干脆分成两队。

泥操场的东边长了一丛杂生的苦楝树，大部分是苦楝果落下来长成的，所以我们就用两棵苦楝树做门。我们进球的标准与学生们进球的标准是不一样的，我们不能用力踢球，只能推射。而且高度也规定好了，膝盖以下才能算进。没有越位，也没有角球。

有时我们两个老师一个队，五个学生一个队，二对五，或者二对六。有时我带一个队，那个老师带一个队。两个队打半场球，改一个球门，我们轻易地对足球进行了革命。

足球踢起来了，操场上的有些草就不用拔了，那些草都被我们踢光了。有时候我们踢高了，球打在苦楝树上，就会把苦楝果打得哗啦哗啦地往下落，像下雨一样，一阵又一阵的。有时球就干脆卡在了苦楝树的枝杈间，苦楝树长得严严实实的，会爬树的学生蹿上去，把球弄下来，又落下了一阵苦楝果雨。

老校长看得好玩，也想过过瘾。我们怕他受伤，就让他

当裁判。而这个裁判总是吹黑哨,在他的默许和纵容下,学生们踢不过我们就派两个人抱着我们的双腿,而另几个学生就把球轻而易举地踢了进去。校长好像没有看见似的,还说进球有效。这就是我们学校的足球,也是我们喜爱的苦中作乐的足球。

世界杯要到了,我的那位球友兼同事从家里抱来一台红壳的九英寸的电视机。我和他用铅丝做成了"王"字形的天线,用毛竹竿竖了起来。那时转播球赛的是中央二套。我们那儿信号很不好,我和他只好一个人在外面转竹竿,边转边问里面,清楚了吗?清楚了吗?他就在里面回答说,听到声音了,听到声音了。一会儿又没有信号了,只好出去再转。吱呀吱呀的,就这样,因为足球,我和他度过了多少不眠的乡村之夜。

乡村的夜晚静悄悄的。我相信地球上有很多电视在睁大眼睛。而我们的电视则沙沙沙地在下雪,我们看不清面貌的运动员在"雪花"中踢来踢去。好在进球之后的欢呼声是清晰的,我和他就拼命地猜着是怎么进球的。谁也说不服谁,还是看两天之后的报纸吧。

我们这儿的报纸总比正常报纸迟两天到。如果遇到雨雪与大雾天气,报纸会到得更晚。有一次,我们看报纸才知道,我们争论得最厉害的一只进球居然是乌龙球。所以他总是对着信号不好的电视机说:"我真想把它砸了。"可他最终也没有砸掉。有一年世界杯,我和我的球友都红着眼睛去上课,老校长见了警告我们说:"你们是不是晚上不睡觉?"我们打着呵欠说:"每天晚上老鼠吵得我们睡不了觉。"

老校长不说话了,校园里老鼠也是很多的。每天晚上,成群结队的老鼠会迅速占据我们的校园,它们跟我们喜爱足球不一样,它们喜欢收集碎纸。

已不止有一个学生家长向校长反映,孩子们的鞋子像狗啃了似的,只穿了一半就把鞋穿坏了,我估计为此学生们被打的不在少数。好在夏天到了,我们就光着脚丫踢球。苦楝树丛外是东围墙,东围墙外是一条大河。我和我的球友一般不敢使多大劲,踢得小心翼翼的。

足球还在草丛中滚动,我们开始教学生一些战术球。怎么人球分过,怎么争头球,怎么踢角球,怎么踢香蕉球,外旋还是内旋。学生们还知道了贝利、马拉多纳、范巴斯滕、普拉蒂尼等一些名字。一个假小子的女生还在我们这个足球队踢过一阵子。后来她因故辍学了,再也没有见过她,不知她有没有怀念过足球。

小先生

　　我们还教会了学生们怎么倒挂金钩,怎么向后仰起,把脚抬起。学生们学得还挺快的,有点模样,不过那段时间孩子们的屁股倒跌得走路都有点变形了。

　　我们以为学生们劲儿不大,所以就没有警告他们,不要把球踢到苦楝树丛外的大河中去。但我们错了,这些野马的蹄子已变得很硬很硬了。有一天,我们目睹了一个学生把球踢得比苦楝树高很多,好久球才从天空中落下来。再有一天,一个学生就把球踢过了苦楝树丛的上方,飞过了东围墙,一会儿落到河面上去了。

　　我的这个学生还是蛮敏捷的,他攀上了一棵苦楝树,再跳上围墙,不待我们反应过来,他就跳下去了,不一会儿一只湿漉漉的足球就飞过了围墙,飞到我们身边,然后就是他的黑头颅。

　　有了一次,就有了第二次、第三次。有一次,足球踢到了水里,还被一个放鸭的老头当作鸭子拾到了鸭船里,再也没有交出来。学生们和他争执起来,最后这个老头把足球交出来了,不过没有抛给我们,而是抛到了更远的河面。我们的学生也就扑向了水面,波涛把水面上的足球冲得一耸一耸的,学生们的头像足球一样向那只水中足球靠拢着。

　　乡下足球,水中足球,我梦中的足球,把青春和激情当成足球踢来踢去的足球。

谁能想到,我的那位球友就真的能考上研究生了呢。我的心又一下落空了许多。像一只足球在球场上滚啊滚的,竟然被踢破了内胆,泄了气,好一阵子没有缓过神来。我和我的学生们还踢过一段时间的足球。好景不长,他们就毕业了。之后学校又推广排球,我的足球就没有吃饱过。

有一天我实在寂寞,一股热流在我身体里冲来冲去,找不到门——我又一次去踢足球,而且踢的是倒挂金钩。足球打在苦楝树的树桩上,内胆真的就破了。球老了,像一个瘪下去的句号。

我看了看苦楝树,苦楝树好像密了许多,一些小苦楝树也争着长了起来,这些都是我们的足球无意踢落下来的种子啊!

我的微蓝时光

深秋时分,这世上最本分的农民们黑着嘴唇,在刚犁开的土垡中种麦、栽菜,而他们的子孙,我的学生们会赶上新学年的第一场期中考试。照例是分场考试——这样,我就摊上了每日下午的第二场监考。一个下午到傍晚的时光,看着一群学生如何收获他们半个学期的耕耘。

试卷上的困难是很多的,就像农民们面前的庄稼中总有除不完的草,草一棵一棵地长出来,农民们就一棵一棵地拔出来。学生们也必须在众多的题目中发现困难,然后把它们像拔草一样拔光。我看见众多的墨黑的头颅低下去,像一颗颗墨蝌蚪。多黑的头发啊。有时他们也会抬起头,我可以看到一双清澈的眼睛、迟疑的眼睛、胆怯的眼睛、喜悦的眼睛,或许还有……一双做贼心虚的眼睛,这类学生肯定是有的,就像懒惰的杜鹃鸟,它从不筑巢却总是占别人的巢孵雏一样。

我会用目光迎接他们的目光，我们目光相接时没有声音，没有火花，但肯定已经有什么被改变了。我抬头看到他们都把头低下去了。

学生们答题时笔尖在纸上游动的声音，有点像蚯蚓在掘土的声音，细细的，又是生动的。蚯蚓们在掘土，而我作为幸福的倾听者，倾听蚯蚓们掘土的声音。我紧张已久的心田好像也一寸一寸地被挖松了。我记起在小学一年级面对第一场考试，我的双手颤抖不停，是我的老师用手抚摸我的头发使我安静下来。我觉得此时光也用一只大手抚摸我的头。我整日忙个不停，为孩子，为自己。而这个下午的两个小时，恰似一道长长的破折号，它使我叙述的口气悄悄地改变了。一条小溪在山石间转弯，激起水流声会浇灌一个渐渐失聪的灵魂吗？

学生们依旧在低头掘土。我看到了黑板上有学生写了一行莫名其妙的字，叫做"三十分钟的老家伙"。"三十分钟的"与"老家伙"是两种笔迹，但合起来，就像是说我。说我？我是三十分钟的老家伙。想想还是有道理的，一分钟一岁，我正好三十分钟。一小时一个人生，我不就是一个老家伙了吗？而这些在纸上掘土的"蚯蚓们"，正是二十分钟的小家伙啊。我在心里轻轻地喊道："年轻的蚯蚓们，使劲地掘土吧。"我也必须在这渐渐板结的生活中掘土，以便我能播种，收获，直至丰收。但如果歉收，或者颗粒无收……我抬眼看去，窗外的秋空碧蓝碧蓝的，几乎没有什么云朵在怀念我们。"天空中一无所有／而鸟群已经飞过。"泰戈尔这么说了——可我还是看见了十一月的鸟在天空中留下了片片擦痕，而这些擦痕在我的眼睛里久久拂拭不去。

就在教室的光线渐渐暗下去的时候，教室里的日光灯亮了，这是我们校长咬着牙装的。此时，有一个人也来到了我的心中，拉开了我心中的灯绳。灯亮了，灯光晃来晃去。我记起了与灯有关的文章，冰心的《小桔灯》，柯罗连科的《灯光》，巴金的《灯》。这是我乡村岁月中的三盏灯，在最寂寞的时候，只要朗诵它们，三盏灯就为我亮起来了，就像教室里面的日光灯。

天渐渐黑了，秋天的夕光微红，日光灯的荧光与这秋天的夕光竟辉映出一种蓝光。这蓝光不是碧蓝，也不是瓦蓝，而是一种嫩蓝的光，像蓝被溶化或者蓝刚刚生长出来。我注视着这奇妙的蓝光，我想起了极光。想起了刚刚读到的达里奥的散文《蓝》以及《蓝鸟》，肯定有一只蓝鸟在我们中间飞翔，鸣叫，而我们却不知晓。但这蓝色的光是在秋天的黄昏中才能孕育起来的。我惊讶地看着这蓝色把学生们滋润，也把他们面前的试卷浸蓝。我们仿佛是生活在最初的大海中。那个时刻，我觉得整个世界都被这蓝眩晕了！

这蓝的呈现只是一瞬间。只有在此时，我才觉得我也微蓝起来，像一朵蓝色的昙花一样绽放。瞬开瞬息，瞬生瞬死。在黑暗中被焰火照亮的事物已经与过去有了某种不同了。所以我把这蓝叫做我的微蓝，把这段时光叫做我的微蓝时光。我觉得这是寂静的乡村生活给我的最高奖赏。夕光慢慢地消失了，暮色之鸟的大翅一下把我覆盖。蓝消失了，像我美丽的幻想一样已经造访过我们了。我看见我的学生的头发似乎更黑了，仿佛被有苹果味的洗发香波刚刚洗过的样子。

我幸福地嗅着，我的眼睛中不是一群学生在低头考试，而是一群苹果们在这初夜的枝头上静静地芬芳。最蓝的一只蓝苹果浮在半空中，成了熠熠发光的蓝星——

哦，我所爱的学生，我所爱的学校，我所爱的三盏灯，我所爱的蓝地球，我的微蓝时光啊！

指尖上的草汁

每个班教室门前的包干区除了每天由值日生打扫之外，我们学校一般是每星期四大扫除一次，即清理校园各个角落里的杂草。每当大扫除结束，校园里都弥漫着青草的涩味。教室里的气味甚至更浓——少年们的手指尖上全是草汁。

要是遇到星期四下雨，那就会有两种情况，一是小雨，用校长的话说是"眨眼睛的雨"，那么大扫除就放在星期五放学后。如果星期五继续下雨，那么大扫除就延至下星期。两个星期下来，校园里的草就没有纪律了，它们东长一块，西聚一簇，有的学生写作文说我们学校都成百草园了。

是的，学校的确成了百草园了，有一天有个家长来看他的孩子，一进门就对我们说："先生先生，你们应该养只羊，又不用喂，到了冬天，你们先生就可以吃羊肉了。"我们没有答应他。后来他又找到我们校长，他说他家有羊羔，他可以捉过来，养大了，羊皮归他，羊肉归学校，弄得我们校长有点生气。家长是好心，可我们校长真以为是讽刺他的。

一般说来，操场上草的长势有点像黑脸总务主任的头，操场中的草长不高也长不密，而操场边的草又高又密，成了许多虫豸的天下。少年们能从草丛中找到许多好玩的虫——什么闪闪发光的瓢虫，什么像草鞋的草履虫，什么叫声怪怪的小甲壳虫。有些虫豸根本不用到草丛里捉，它们会主动飞闯到我们教室里来。有次上课时曾有一只放屁虫飞到我的肩头，弄得那堂课学生们很是聚精会神地看着我，我还以为我讲课讲得很好呢。到了下课我才知道是放屁虫，它一直像枚肩章一样伏在我的肩头，好在我没有主动驱逐这只灰色的放屁将军。它也许也听到下课的铃声，飞走了，否则，"热情洋溢"的放屁虫真的会对我进行一场难受的"嗅觉考试"。

有一次，我上课的时候发现有一对同桌开小差，两个人不朝黑板上看，而是朝课桌下看。待我把讲课声停顿了一下，他们猛然抬头，像受惊的小猫似的，弓起了身子，全身的绒毛都竖了起来。过了一会儿，他们又把头低下去了。我又把课停了下来，停顿下来有一种此时无声胜有声的味道，他们又一下子受惊了，只好又抬起头盯着黑板。

再过一会儿，仿佛是传染似的，他们专心听讲，前面的

小先生

一对又不安心了，目光转向一方。我只好又把课停下来。他们是听讲了，左边的一桌又不听讲了，这种"传染病"证明是有情况了。我只好中断了上课，让一个少年站起来说，他没有说出什么。我急速地走过去，朝他桌下一抄，抄出一只空火柴盒——不用说，这里面应该曾装有一只昆虫什么的。

我问在哪儿？他说，在那儿。全班学生的目光都斜过去了。我是近视眼，只好说，去把它捉起来。就这样，好好的一堂课就被搅乱了。

几分钟后，一只"红娘子"（一种蝉科昆虫，比蝉小，也鸣叫）送到了我的面前。这是一只"铜头红娘子"，我随手一扔，这只红娘子就被扔到教室外面去了。扔完之后我就后悔了，学生们再也集中不起精神，刚才我已把全班学生的心扔到教室外的草丛中去了。

指尖上的草汁

晚饭花的奇迹

乡村学校里有一个神奇的五分钟，这神奇的五分钟里有三百秒，而三百秒正像三百支乡村箭矢，它们和我的愿望一起直射夏日黄昏的天空。

这是晚饭花欲开的时刻。接近下午五点钟的五分钟，热浪一阵阵消退，我全身汗渍地坐在我的小屋里读书。有句诗说"头脑空旷得就像八月的学校"，是的，我现在头脑空旷得就像此时的乡村学校，到处是疯长的草，这些草要在学生们离开校园的暑假两个月里，完成它们短短的一生。

晚饭花是一位生病的老教师种的，此时他正在外地治病，而由他亲手种下的晚饭花开得到处都是。本来是两种，一是黄色，一是红色，但开着开着，就出现了奇迹。有些晚饭花一半是红瓣，一半是黄瓣；有些晚饭花瓣四分之三是红色，而只有四分之一是黄色，或者相反；有些晚饭花一枝上是黄色，另一枝上却是红色……我们这里靠着写《晚饭花》的汪曾祺的家乡高邮，不知汪先生有没有看过这样的奇迹。在临近黄昏的五分钟里，一万朵晚饭花将昂首怒放，一万种歌声在怀念那位老教师，三百支乡村箭矢准备向天空齐发！

校园里的钟声沉默着，七月里它沉默了一个月，到九月前它还必须沉默一个月。曾经那个勤奋的钟声啊，如何沉默如此长久？还有那布满灰尘的草椅，墙壁上一两句学生写下的稚嫩的粉笔字，还有那位老教师写下的空心字："毕业典礼"……所有的一切，都在等待那三百支乡村箭矢。

我赤脚散步，还是有一些足音，有些散漫，有些随和，没有人注意你，一个没有学生的教师，此时正如一个新入校的学生焦急地等待。我仿佛忆起了我的十八岁，我和我的十八岁走进了乡村学校……乡村的寂寞，寂寞中的坚持，我们热爱的书本与诗歌，停电的时候满鼻子的劣质烛油味儿……只一恍惚，环绕在学校各个角落里的晚饭花好像都不见了，或许你没有注意它们，它们在我们最软弱的时候齐约好了开花——像校园里的钟声一齐响了。现在我身体中的某些东西一下子冲出身体的教室，头也不回地走了，走到了草丛深处。我惊讶地看着那些红的黄的像小鸡嘴一样张开的晚饭花，它的清香不断地涌出，令我不由打了个兴奋的寒噤。

小先生

　　你再瞧瞧,一所长满了晚饭花的乡村学校,一所朴素如空中花园的乡村学校,我在这个学校度过了这么多年的时光,从十八岁开始,我把一生最美妙的时光都献给了这所学校。

　　我又一次想起了那位生病了的老师,在那神奇的五分钟里,三百支乡村箭矢全发——晚饭花全开了。

　　我不能说起我,但我又必须说起我,说起仍在乡村学校坚守的老师们。因为梦想,所以生活;因为生活,所以坚忍;因为坚忍,所以期待;因为期待,所以开花;因为开花,所以凋谢。这沉默的八月的乡村学校,又一次承纳了精神的香气和诗歌的关怀。这所将带着群花一起睡眠的乡村学校,多像是带着一群星星睡眠的夜空,我带着另一个我在夜空中梦想、生活和祝福——全是因为那神奇的五分钟,那神奇的五分钟里三百支乡村箭矢,我和我的学生们,刚刚疼痛,刚刚诞生,刚刚啼哭过,如今正面对着大地上的绿衣乡村微笑。

寂寞的鸡蛋熟了

师范分配时,我们被告知,分在乡村教学有一项优惠政策,那就是说,在第一年实习期间可以拿定级工资,这等于比分在城里的同学早一年拿定级工资。政策是这样,算下来,事实上的总收入还是比城里的同学少了一大截。

收入差别也就罢了,要紧的是乡村那排不尽的寂寞,尤其是乡村学校夜晚的寂寞。每当大忙季节,很多民办教师都要赶回去农忙。留守的我们晚上听着鹧鸪的叫,心里便有一阵没一阵地疼起来。过去进城上师范心里经历了一个落差。几年城市生活后又回到乡下,心里又有一个落差。老教师见到郁郁的我们,很是担心,便教了我们一个法子:"我们过去比现在的你们苦多了,不过我们有我们的办法。我们一边用钢板为学生刻讲义,一边在罩子灯上吊个铝盒煮鸡蛋。讲义刻好了,鸡蛋也煮好了。"他们教我们可以跟农民买一些鸡蛋回来，过去的蛋可便宜啊，鸡蛋一分钱一只。吃鸡蛋补脑子。

好在乡下经常停电，我们人人都有一盏擦得锃亮的罩子灯。鸡蛋也不比过去贵多少，一只一毛钱左右。我也用一只铝盒吊在罩子灯上，也开始在罩子灯下为学生们刻讲义了。我从装蜡纸的卷桶中抽出一张蜡纸，然后在钢板上铺平，用铁笔在上面刻写（如果铁笔坏了还可以用废圆珠笔芯写，不过字要粗些）。吱吱吱，吱吱吱。蜡纸上的蜡被铁笔犁得卷了起来，吱吱吱，又一层蜡纸被我的铁笔犁得卷了起来。一排刻好了，然后把蜡纸从钢板上剥下来，再往上移，还可以透过罩子灯的灯光看一看自己的字写得如何……吱，吱，吱，又新鲜又痛快。往往是一张蜡纸刻满了，铝盒里的鸡蛋也差不多煮好了。当我刻完蜡纸，剥着鸡蛋（鸡蛋很烫，需两只手来回地翻滚），我心中蛰伏已久的青蛙就呱呱呱地大叫起来。我不知道我刻写了多少蜡纸，用了多少张钢板（正面反面都用过）。我牢牢记住了蜡纸的品牌叫"风筝牌"。铁笔、钢板的品牌叫"火炬牌"。风筝与火炬，正是我寂寞的心所需要的。

我开始刻写蜡纸的字并不好看，用校长的话说，像一阵风吹倒的。他还指导了我如何利用钢板的纹路刻写讲义。刻好讲义后还有一项繁琐的工序，那就是印试卷。我们学校没有专职的油印工，黑脸总务主任有时兼任，但我们不能总是麻烦总务主任。于是我们又学会了如何用火油调和油墨，上蜡纸，握住油墨滚筒，还有裁纸，分订讲义。一个学期下来，我整理了一下我给学生们发下去的讲义，竟有了厚厚的一叠。

冬天来了，我去县城人武部商店买了一件黄色的军大衣。我就裹着黄军大衣刻蜡纸。天很冷，罩子灯上的鸡蛋熟了，我把它握在手中，揩着鼻子上的清水鼻涕，继续刻写讲义，我觉得生命中有一种东西正在被我犁开。"姓名＿＿＿""学号＿＿＿""得分＿＿＿"。我必须先刻写下这些，然后再开始写下第一项内容。刻完之后，原先厚重的蜡纸被我刻得轻盈了，在灯光下多了一种透明。我知道，我已和以前的老教师一样，把寂寞这张蜡纸刻成了一张试卷。

寂寞的鸡蛋熟了

邵展图 / 绘图
伊　可 / 着色

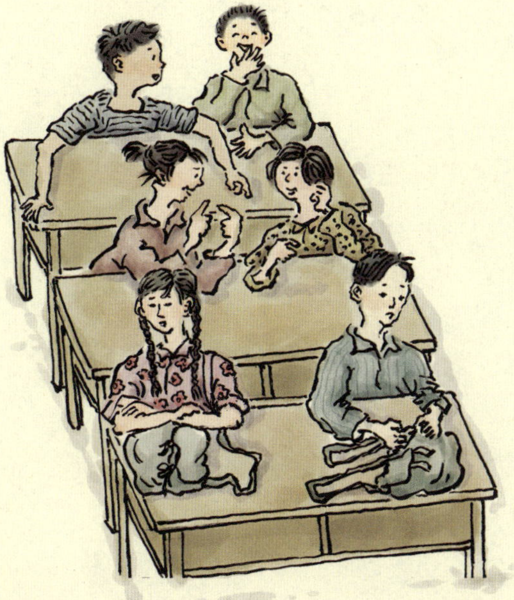

小先生